物語 北欧神話

ニール・ゲイマン　金原瑞人、野沢佳織 訳

Norse Mythology

NEIL GAIMAN

上

原書房

物語　北欧神話（上）

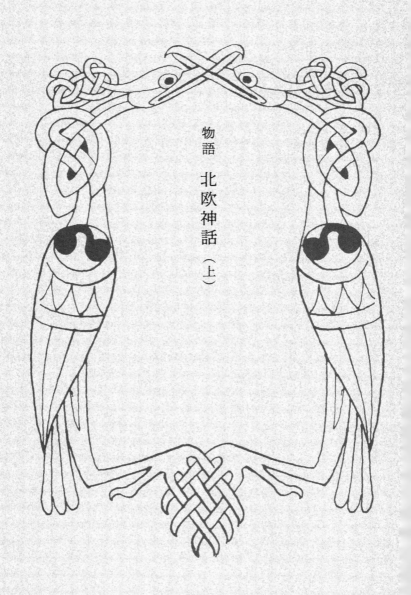

目次

下巻もくじ

エヴァレットに
いまの子に、むかしの物語を

序文

どんな神話が好きですか？　ときかれると、どんな料理が好きですか？　ときかれたのと同じくらい、答えに迷ってしまう。その日によって、夕食にタイ料理が食べたかったり、スシがいいなと思ったり、子どもの頃に食べていたシンプルな家庭料理が恋しかったりするように、その時々で読みたい神話も変わる。それでも、あえてひとつだけ選ぶとしたら、きっと北欧神話と答えるだろう。

アースガルズとそこに住む神々のことを初めて知ったのは、まだ六歳か七歳の頃、アメリカンコミックの『マイティ・ソー』を読んだときだった。この漫画は、主人公、ソー（英語の表記はThorで、北欧神話の雷神トールと同じ）の冒険を描いたもので、画をジャック・カービーが、プロットをカービーとスタン・リー（本名はスタンリー・マーティン・リーバー）が、会話をスタン・リーの弟のラリー・リーバーが担当していた。カービーの描くソーはハンサムでたくましく、アースガルズは高層ビルや危険な大建造物が立ち並ぶ未来都市だった。オーディンは賢く、気高く、角兜をつけたロキはシニカルでいたずら好き。そして金髪のソーは、魔法の槌《つち》を巧みにあやつる。ぼくはそんなソーが大好きになって、もっとソーのことを知りたくなった。

そこで、ロジャー・ランスリン・グリーンの『北欧神話』（原題 *Myths of the Norsemen* 一九六〇年刊、未訳）を借りて読み、読み終えるともう一度初めから読んだ。とてもおもしろかったが、とまどったのも事実だ。この本に出てくるアースガルズは、カービーの漫画に出てくるような未来都市ではなく、極寒の荒野にヴァイキングの城とひとかたまりの建物が立っているようなところだった。「万物の父」であるオーディンは、カービーの漫画ではやさしくて賢く、怒りっぽかったが、この本ではものすごく頭が切れて、何を考えているのかわからないところがあり、危険な感じがした。トールは漫画のソーと同じくらい強くて、槌も強力だったが……正直、神々のだれよりも聡明とはいえなかった。そしてロキは、悪者とはいいきれないが、どうみても正義の味方ではなく、なんというか……複雑な存在だった。

そのうえ、北欧神話の神々はいつか死ぬ運命なのだとわかった。「神々の終焉」を意味する「ラグナロク」が訪れれば、すべてが終わる。神々は霜の巨人たちと戦って、ひとり残らず死んでしまうのだ。

ラグナロクはもう起こった？ まだ起こっていない？ 当時のぼくにはわからなかったし、いまもわからない。

北欧神話の世界は終わり、物語も終わる。そのせいで、また、その終わりかたと再生のしかたのせいで、神々も霜の巨人もそれ以外の者も、英雄も悪漢もみな、悲劇的にみえた。ラグナロクがあるからこそ、北欧神話の世界はぼくの心にいつまでも残り、不思議と現実的に感じられたのだ。一方、ほかの神話は、北欧神話よりも物語がたくさん残っていたり、多くの本が書かれていたりするものの、いずれも過去のもの、古いものに思えた。

北欧神話の舞台は寒い土地だ。冬は夜がとても長く、夏は昼がいつまでも続く。そこに住む人々は、自分たちの神々を心から信用してはいなかったし、それほど好きでもなかったが、神々を敬い、畏《おそ》れていた。これまでにわかっているところでは、アースガルズの神々は現在のドイツのあたりで信仰されはじめ、スカンジナヴィアに広まり、さらに、ヴァイキングが征服したオークニー諸島、スコットランド、アイルランド、イングランド北部などにも伝わった。それらの地域には、トールやオーディンにちなんだ地名がいくつも残っている。また、英語の曜日の名称にも、北欧神話の神々の名前の痕跡がみられる。オーディンの息子で右手のないテュール（Tyr）は火曜日（Tuesday）に、オーディン（Odin）は水曜日（Wednesday）に、トール（Thor）は木曜日（Thursday）に、オーディンの妻で神々の女王であるフリッグ（Frigg）は金曜日（Friday）に名前を残している。

　オーディンをはじめとするアース神族は、長いあいだ、ヴァン神族と戦っていた。ヴァン神族はもともと自然をつかさどる兄弟姉妹の神々で、アース神族ほど好戦的ではなかったが、危険な点ではアース神族にひけをとらなかったようだ。しかし、やがて双方とも戦いに倦《う》み疲れて、休戦協定を結んだ。その物語には、もっと古い神話や信仰の名残がみてとれる。

　ひとつ、仮説として考えられるのは、昔、ヴァン神族を信仰していた種族とアース神族を信仰していた種族がいて、前者の土地を後者が侵略したが、たがいに歩みよって和平が成立した、ということだ。ヴァン神族の神々は、フレイとフレイヤの兄妹がそうであるように、アース神族と一緒にアースガルズで暮らしている。そういった神々の物語は、歴史と宗教と神話が一体となった形で残っており、ぼくたちはそれをもとにあれこれ考えたり、想像したり、推測したりする。ちょうど、探偵が、長く忘れられていた事件の詳細を組み立て直すように。

北欧神話には失われた物語も多く、わからないこともたくさんある。いま残っているのは一部だけで、それらは言い伝え、再話、詩、散文など、様々な形で受け継がれてきた。そうした詩や散文が書かれたのは、すでにヨーロッパでキリスト教が優勢になり、北欧神話の神々への信仰が消えかけていたときだった。いまも残っている物語のなかには、いわゆる「代称《ケニング》」が無意味にならないようにとの配慮から、受け継がれてきたものもある。ケニングとは、特定の神話に出てくる物事を用いた詩的な比喩のことで、たとえば、「フレイヤの涙」といえば「金《きん》」を意味する。それから、北欧神話の物語では、ときとして神を、神としてではなく、人間の男や王や昔の英雄として語ることがある。これは、キリスト教世界でも語り継いでいけるようにするための工夫なのだ。また、物語や詩のなかには、失われた別の物語を語ったり暗示したりしているものもある。

ギリシア・ローマの神話のなかでいまも語り継がれているものが、テセウスとヘラクレスの物語ばかりのように思えるのも、おそらく同じ理由によるのだろう。

ぼくたちは、とても多くの神話を失ってしまったのだ。

北欧神話には、女神も大勢登場する。そして、それぞれの名前、性格、能力などはある程度わかっているのだが、女神たちをめぐる物語、神話、儀式などは伝わっていない。医術の女神エイア、男女の仲を取り持つ慰めの女神ロヴン、恋愛の女神ショヴンなどの物語を紹介できたら、どんなにいいだろう。知恵の女神ヴォルの物語はいうまでもない。しかし、女神たちの物語は、想像することはできても語ることはできない。すべて失われるか、埋もれるか、忘れられるかしてしまっている。

この本では、北欧の神々をめぐる物語をできるだけ正確に、できるだけおもしろく語り直そうと努めた。

ときには、物語のなかで、細かい点が矛盾していることもある。しかし、それもまた、ある時代のある世界を生き生きと映しているのではないかと思う。ぼくは物語を語り直すとき、大昔、それらが初めて語られた場所に自分がいるところを想像してみた。冬の長い夜、輝くオーロラの下にいるところや、真夏の明け方近く、目を覚まして戸外に座り、消えることのない日の光を浴びているところを思い描いた。目の前には聴衆がいて、トールがほかにどんなことをしたのか、ききたがっている。虹とは何なのか、自分たちはどう生きたらいいのか、どうしてうまく詩をつくれない人がいるのか、知りたがっている……。

物語をすべて書き上げたあと、通して読んでみて驚いた。まるで旅のように思えたのだ。火と氷から世界が始まり、火と氷のなかで世界が終わる。そのあいだにぼくたちは、ロキ、トール、オーディンといった、ひと目でだれかわかる面々にも出会うし、もっとよく知りたいと思う面々にも出会う（後者のなかで個人的にいちばん気に入っているのは、アングルボザという巨人の女だ。アングルボザは、ロキとのあいだに怪物のような子を三人産んで、オーディンの息子のバルドルが殺されたあと、幽霊となってこの世界にとどまる）。

ぼくはロジャー・ランスリン・グリーンやケヴィン・クロスリー＝ホランドによる北欧神話の再話を愛読してきたが、今回は読み返さないことにした。そのかわり、かなりの時間を費やして、スノッリ・ストゥルルソン（十三世紀のアイスランドの詩人、政治家、歴史家）の『散文のエッダ』を様々な訳で読み、九百年ほど前の言葉で書かれた『詩のエッダ』の訳も読んだ（谷口幸男訳『エッダ　古代北欧歌謡集』〔新潮社〕に『詩のエッダ』の全訳と『散文のエッダ』の一部訳が収められている）。そして、自分が語り直したい話を選び、散文と詩、両方の神話を織り混ぜて再話することにした（たとえば、トールがヒュミルを訪ねる話は、『詩のエッダ』の内容にそって語り始め、スノッリの『散文のエッダ』に出てくる釣りの冒険の詳細を加えてある）。

昔から持っていてぼろぼろの、ルドルフ・ジメック著、アンジェラ・ホール訳『北欧神話事典』（原題 *A Dictionary of Northern Mythology* 一九九三年刊、未訳）を、貴重な情報源として絶えず参照し、そのたびに新たな発見をしたり、知識を得たりした。

執筆中、力を貸してくれた旧友のアリサ・クウィトニーに、深く感謝している。アリサはすばらしい相談相手で、考えが終始ぶれることなく、率直で有能で思慮深く、機知に富んでいる。この本を書き上げることができたのは、彼女が物語を次々と読みたがってくれ、ぼくが執筆の時間を確保できるよう助けてくれたおかげだ。ほんとうにありがとう。それから、ステファニー・モンティースにも。彼女は北欧神話に詳しく、ぼくが見逃していたかもしれない点をいくつも、鋭く指摘してくれた。そして、ノートン社のエイミー・チェリーにも心からの感謝を。エイミーは八年前、ぼくの誕生日に昼食をともにした際に、神話の再話をしてみたら？　と提案してくれた人であり、どこからみても世界でいちばん忍耐強い編集者だ。

この本に、間違い、勘違い、突飛な見解などがみられるとしたら、その責任はすべて作者のみにあるので、ほかのだれも責めないでほしい。どの物語も原典に忠実に語ったつもりだが、同時に語ることを楽しんだし、創作を加えた部分もある。

そして、それこそが神話の楽しさだと思う。自分の言葉で語るのが楽しいのだ。この本を読んでくださっているあなたも、ぜひ、神話を語ってみてほしい。まずはこの本を読んで、物語を自分のものにし、それから、寒くて暗い冬の夜に、あるいは太陽がなかなか沈まない夏の夜に、友人たちを前に語ってほしい。トールの槌が盗まれたときに何が起こったか、オーディンはいかにして詩人のミードを神々のもとに持ち帰ったか、といった物語を。

ニール・ゲイマン
ロンドン、リッソン・グローヴにて
二〇一六年五月

北欧神話の神々

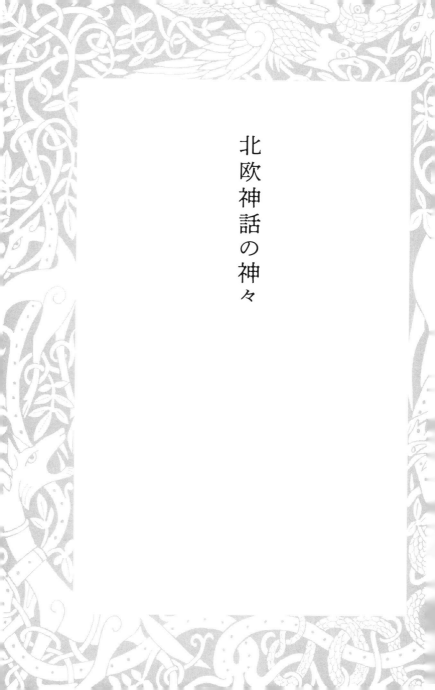

北欧神話には多くの神々が登場する。男の神も女の神もいる。この本にも、かなり大勢出てくる予定だ。しかし、物語のほとんどは、オーディンとその息子トール、そしてオーディンの義兄弟ロキをめぐって展開する。ロキは巨人の息子で、アース神族と一緒にアースガルズに住んでいる。

オーディン

北欧神話の神々のなかで最も位が高く、最も年をとっているのがオーディンだ。オーディンは秘密をたくさん知っている。あるとき、自分の片目とひきかえに知恵を手に入れた。そればかりか、ルーン文字を知り、魔法の力を得るために、自分を生贄として自分にささげた。

どのようにしたかというと、世界樹のユグドラシルにつるされたまま、九日間、過ごしたのだ。そのあいだに脇腹を槍で何度も突かれて、重い傷を負った。風に吹かれ、さんざん揺さぶられた。九日間、昼も夜も、何も食べず、何も飲まず、ひとりきりで苦しむうち、命のともしびが次第に小さくなっていった。

ところが、寒くて、苦しくて、もう死ぬと思った瞬間、犠牲が実を結んで、不思議なことが起こった。苦しみが極まり、われを忘れて下をみると、ルーン文字が目に入ったのだ。オーディンにはそれぞれの文字の意味と、文字の持つ力が理解できた。次の瞬間、縄が切れて、オーディンは叫び声をあげて木から落ちた。

以来、オーディンは魔法を覚え、世界を思うままにあやつれるようになった。

オーディンにはたくさんの呼び名がある。「万物の父」「殺されし者の王」「絞首台の主」などなど。「船荷の神」「囚人の神」でもあり、「グリームニル」「第三の者」などとも呼ばれる。国によっても呼び名が異なる（というのは、様々な形で、様々な言語で崇拝されるからだ。どんな形であれ言語であれ、崇拝の対象であることは変わらない）。

変装してあちこちを旅して、人がみるように世界をみる。人にまぎれて歩くときには、長身の男の姿で、マントをまとい、つば広の帽子をかぶっている。

オーディンは、二羽のオオガラス、フギンとムニンを連れている。フギンは「思考」、ムニンは「記憶」という意味で、どちらも世界じゅうを飛び回り、情報を集めて、あらゆる知識をオーディンのもとに運んでくる。そして肩にとまり、耳元でささやく。オーディンが館のフリズスキャールヴという玉座に座ると、世界じゅうで起こっていることをすべて見わたせる。オーディンにはどんなことも隠せない。

オーディンは世界に戦《いくさ》をもたらした。だから、人間は戦いを始めるときには、敵軍めがけて槍を投げ、戦いと死をオーディンにささげる。戦を生き延びればオーディンの加護を受けた、戦死すればオーディンに裏切られたと考える。

勇ましく戦って死んだ者は、立派な死者として、戦場を駆ける美しい乙女、ヴァルキュリャたちに魂を集められ、オーディンの城、ヴァルハラに案内される。そこではオーディンが待っていて、戦死者たちはオーディンにいわれるまま、酒を飲み、けんかをし、ごちそうを食べ、戦をする。

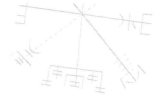

トール

トールはオーディンの息子で、雷神だ。正直で気立てがよく、父親のように狡猾《こうかつ》ではない。

体がとても大きくて、赤ひげをたくわえ、神々のなかで最も強い。メギンギョルズという帯をつけると、力が倍になる。

トールの武器は、ミョルニルという強力な槌だ。この槌は、小人が鉄を鍛えてつくったのだが、そのいきさつはいずれ紹介する。トロールも、霜の巨人も、山の巨人も、ミョルニルをみると震えあがる。その槌で、兄弟や仲間を大勢殺されているからだ。トールは、槌の短めの柄をしっかり握るために、鉄の手袋をつけている。

トールの母親は、大地の女神ヨルズ。そして、トールには息子がふたりいる。怒れるモージと、強いマグニだ。あと、スルーズというたくましい娘もいる。

トールの妻は金髪のシヴで、シヴには、トールと結婚する前にもうけたウッルという息子がいる。ウッルにとって、トールは継父にあたる。ウッルは弓矢で狩りをする狩猟の神で、スキーをはいている。

トールは、アースガルズとミズガルズ（人間が住む世界）、両方の守護者だ。

トールにはたくさんの冒険譚がある。この本でも、そのいくつかを紹介する。

ロキ

ロキはとてもハンサムだ。話がうまく、説得力があって、感じがいい。アースガルズに住むだれよりも策略家で、頭が切れ、抜け目がない。だが残念なことに、ロキのなかには深い闇がひそんでいる。怒り、妬み、欲望などがうずまいているのだ。

ロキの母親は巨人のラウヴェイで、別名ナル、すなわち「針」と呼ばれている。ほっそりしていて美しく、きつい感じだからだ。父親は、やはり巨人のファールバウティだといわれている。ファールバウティとは「危険な一撃を繰り出す者」という意味で、その名のとおり、危険な巨人だ。

ロキは空飛ぶ靴をはいて空中を歩く。また、姿を自由に変えることができるので、別人になりすましたり、動物に変身したりする。しかし、ロキの最大の武器は頭脳だ。どんな神よりも、どんな巨人よりも狡猾で、頭が切れ、巧みに相手をだます。オーディンでさえ、狡猾さではロキにかなわない。

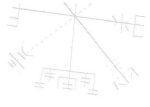

ロキはオーディンの義弟だが、いつ、どのようにしてアースガルズにきたのか、ほかの神々には知られていない。トールとは仲がいいが、裏切ることもある。そんなロキを神々が受けいれているのは、ロキのせいで面倒に巻きこまれることも多いが、ロキの戦略や策略に助けられることも多いからだ。

ロキがいるために世界はおもしろくなるが、危険にもなる。ロキは怪物のような子どもたちの父親であり、災難を引き起こす者であり、ずる賢い神だ。

大酒飲みで、酔っぱらうと、いうこと、考えること、することに抑制がきかなくなる。ロキとその子どもたちは、すべての終わりであるラグナロクで戦うが、アースガルズの神々の側にはつかない。

始まりの前と、それから

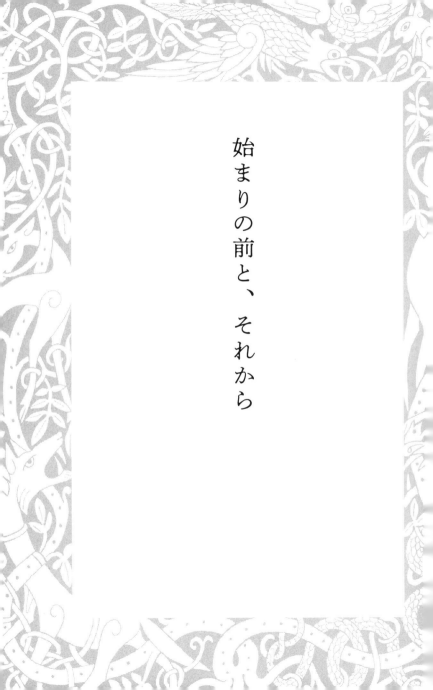

I

始まりの前には、何もなかった。天も、地も、星も、空もなかった。ただ、形のない霧の世界と、絶えず燃えている世界があるだけだった。

北に、ニヴルヘイムという暗黒の世界があった。そこには十一本の毒の川が、霧の中を縫うように流れていて、どの川もニヴルヘイムの中心の泉から湧き出ていた。その泉はフェルゲルミルと呼ばれ、大きな渦が巻いていた。ニヴルヘイムは恐ろしく寒く、霧が重くたれこめて何もかもを覆っていた。空は霧に隠れてみえず、地面も、たちこめる冷たい霧のせいでよくみえなかった。

一方、南にはムスペッルという世界があった。ムスペッルは火そのもので、何もかもがまぶしく燃えていた。ニヴルヘイムが灰色に凍てついた霧の世界なら、ムスペッルは赤々と燃える溶岩の世界だ。ムスペッル全体が、鍛冶屋の火のようにうなりをあげて燃えていて、固い地面はなく、空もなかった。あるのは火花と、すさまじい熱と、融けた岩と、燃えている岩ばかりだった。

燃えるムスペッルの縁、火明かりにニヴルヘイムからの霧がとけこむあたりに、まだ神々が存在しない頃から、巨人のスルトが立っていた。いまも、そこに立っている。スルトは燃える剣を持ち、まわりでは沸き立つ溶岩と凍てつく霧がひとつに混ざりあっている。

世界の終わりであるラグナロクが訪れるときに初めて、スルトはここからいなくなる。燃える剣を持ってムスペッルを出ていき、その火で世界を焼きつくし、神々をひとりずつ倒すのだ。

II

ムスペッルとニヴルヘイムのあいだには、何もない、形もない、うつろな空間が広がっていた。そこは、霧の世界ニヴルヘイムを流れてきた十一本の毒の川が注ぎこむ空間で、ギンヌンガガプ、「大きくあいた裂け目」と呼ばれていた。毒の川は、気が遠くなるほど長い時間をかけて、火と霧のはざまでゆっくりと固まり、巨大な氷河になった。氷河の北は凍った霧と氷の粒に覆われていたが、南は燃えるムスペッルと接しているため、火花や燃えさしが舞い、暖かい風も吹いて、氷河の上の空気は春の日のようにおだやかで心地よかった。

火と氷が接するところでは、氷が溶けて水となり、命が生まれた。その姿は人間に似ていたが、とてつもなく大きく、それまでに存在した、あるいはその後に現れるどんな巨人よりも大きかった。男でもなく、女でもなく、男であると同時に女でもあった。

この生き物こそがすべての巨人の祖先で、自らユミルと名乗った。

溶けた氷から生まれたのは、ユミルだけではない。角のない雌牛も生まれ、この雌牛がまた、だれも想像できないほど巨大だった。雌牛は、塩を含む氷の塊《かたまり》をなめるように食べ、乳を川のように出した。この乳が、ユミルの糧となった。

巨人のユミルは、乳を飲んでさらに大きくなった。

そして、この雌牛をアウズフムラと呼んだ。

アウズフムラがピンクの舌で氷の塊をなめると、氷のなかから、一日目には男の髪だけが、二日目には男の顔だけが、三日目には男の全身が現れた。

この男、ブーリが、神々の祖先となった。

一方、ユミルは、眠っているあいだに巨人を産んだ。ユミルの左腕の下から男の巨人と女の巨人がひとりずつ生まれ、ユミルの股からは顔の六つある巨人が生まれた。これらユミルの子どもたちから、また子どもが生まれ、巨人が増えていった。

ブーリは巨人のひとりを妻とし、息子をもうけて、ボルと名づけた。ボルは巨人の娘ベストラと結婚し、三人の息子が生まれた。三人は、オーディン、ヴィリ、ヴェーと名づけられた。

ボルの三人の息子、オーディン、ヴィリ、ヴェーは、成長して大人になった。そのあいだずっと、はるか遠くに、ムスペッルの火とニヴルヘイムの暗黒の世界が見えていたが、どちらにいっても命を落とすことは、三人とも知っていた。兄弟は永遠に、火と霧の広大なはざま、ギンヌンガガプから出られそうになかった。しかし、そこにずっといるのは、どこにも存在していないのと同じだった。

海も砂もなければ、草も岩もなく、土も木も空も星もない。その頃はまだ、世界などどこにもなく、天も地もなかったのだ。三人のいる火と氷のはざまは、どこでもなく、何もない空間で、生命あるもので満たされるのを待っていた。

あらゆるものを創造するときだった。オーディンとヴィリとヴェーは、何もないギンヌンガガプで顔を見合わせ、何をするべきか話しあった。宇宙について、命について、未来について話しあった。

オーディンとヴィリとヴェーは、巨人のユミルを殺した。それは必要なことだった。そうする以外、世界をつくる方法はなかったのだ。これがすべての始まりとなった。ひとりの巨人の死によって、あらゆる生命が生まれたのだ。

オーディンとヴィリとヴェーは、巨人ユミルを刺し殺した。すると、ユミルの死体から、信じられないほど大量の血が流れ出た。海と同じように塩を含んだ、海と同じような灰色の血が、突然ものすごい勢いで流れ出したので、すべての巨人が飲みこまれ、溺れ死んでしまった（ただ、ユミルの孫の巨人、ベルゲルミルとその妻だけは、木箱によじのぼって生き残り、木箱を船がわりにして血の海を漂った。今日、人々が目にし、恐れる巨人はすべて、この二人の子孫なのだ）。

オーディンとふたりの弟は、ユミルの肉から土をつくった。ユミルの骨を積み上げて、山々と岸壁《がんぺき》をつくった。

この世界にある岩、石、砂、砂利は、もとはといえばユミルの歯か、ユミルがオーディン、ヴィリ、ヴェーと戦ったときに折れた骨のかけらなのだ。

そして、世界を取りまく海はユミルの血と汗でできている。

空を見上げてみてほしい。いま見ているのは、ユミルの頭蓋骨の内側だ。夜空の星々は、惑星も彗星も流れ星もみんな、ムスペッルの火から飛んできた火花だ。では、昼間の空に浮かぶ雲は？　それは、かつてユミルの脳みそだったものだから、いまも何か考えているかもしれない。

III

世界は丸く平たく、まわりを海に囲まれている。巨人たちが住んでいるのは世界の果ての、最も深い海のそばだ。

巨人たちを遠ざけておくために、オーディンとヴィリとヴェーはユミルのまつげで塀《へい》をつくって、世界の中心を囲った。そして、塀のなかをミズガルズと名づけた。

ミズガルズにはだれもいなかった。そこは美しいが、草原を歩く者もいなければ、澄んだ川で釣りをする者もいない。岩だらけの山々を探検する者もいないし、空の雲を見上げる者もいない。

オーディンもヴィリもヴェーも、だれも住んでいないところを世界とは呼べないとわかっていた。三人はミズガルズのいたるところをさまよい歩き、だれかいないかとさがしたが、だれもみつからなかった。そしてようやく、岩だらけの砂浜で、二本の丸太を見つけた。どちらも海の波にもまれ、潮に運ばれて、岸に打ち上げられたようだった。

一本目の丸太はトネリコだった。トネリコの木は弾力に富み、姿もよく、根を深く張る。トネリコの木は彫りやすく、割れたりひびが入ったりしにくい。道具や槍の柄《え》に適している。

二本目の丸太はニレで、一本目とくっつきあうようにして打ち上げられていた。ニレの木は、見た目は柔らかそうだが、とても硬く、頑丈な厚板や梁《はり》になる。ニレの木材があれば、立派な家や城をつくることができる。

三人の神が二本の丸太を拾って砂の上に立てると、どちらもちょうど人間の背丈ぐらいの高さになった。オーディンは丸太を一本ずつ抱きかかえて、命を吹きこんだ。するると、海岸に打ち上げられた枯れ木の丸太に命が宿った。

つづいてヴィリが、それらに意志を与え、知識と意欲を与えた。すると、それらは動いたり欲したりできるようになった。

そのあと、ヴェーが二本を彫って人の形にした。耳を彫ってきこえるようにし、目を彫ってみえるようにし、唇を彫って話せるようにした。

すると、海岸に立つ二本の丸太は、ふたりの裸の人間になった。ヴェーが、ひとりに男性器を、もうひとりに女性器を彫った。

神の三兄弟は服をつくって、男と女に与えた。ふたりは服を着て、寒さをしのげるようになった。世界の果ての海岸で冷たい波のしぶきを浴びても、もう平気だった。

最後に、神々は、自分たちがつくったふたりの人間に名前をつけた。男はトネリコの木を表す「アスク」、女はニレの木を表す「エンブラ」と名づけた。

アスクとエンブラは、人々すべての父と母になった。人はだれも両親から命を授かり、両親の両親からも、さらにその両親からも命を受け継いでいる。そうしてどんどんさかのぼっていくと、アスクとエンブラにいきつく。

アスクとエンブラはミズガルズにとどまり、神々がユミルのまつげでつくった塀のなかで安全に暮らした。ミズガルズで家庭を築き、荒野で待ち受けている巨人や怪物や、あらゆる危険から守られていた。ミズガルズでは、安心して子どもを育てることができた。

オーディンが「万物の父」と呼ばれるのは、そのためだ。オーディンは神々の父であると同時に、人々のおじいさんのおじいさんのおじいさんの……最初の祖先に、命を吹きこんだ。神であれ人間であれ、だれにとっても、オーディンは父なのだ。

ユグドラシルと九つの世界

世界樹のユグドラシルは、驚くべき力を持つトネリコの木だ。あらゆる木のなかで最も完璧で、最も美しい。そして最も大きい。ユグドラシルは、九つの世界が接するところに生えていて、九つの世界をつないでいる。世界じゅうのどんな木よりも大きく立派で、こずえは空の上に突き出ている。

あまりに大きいので、その根は三つの世界にまたがっていて、三つの泉から水を吸い上げている。

一本目の根はいちばん深く、地下世界、ニヴルヘイムまでのびている。ニヴルヘイムは、ほかのどの世界よりも古くからあった。この暗黒世界のまん中に、フェルゲルミルという、絶えず泡立っている泉がある。その音はとても大きく、沸き立つやかんのように騒々しい。この泉にはニーズホッグというドラゴンがすんでいて、いつもユグドラシルの根をかじっている。

二本目の根は霜の巨人の国にのびていて、ミーミルの泉から水を吸い上げている。

ユグドラシルの高い枝には、一羽のワシがとまっている。このワシは多くのことを知っていて、両目のあいだに一羽のタカをとまらせている。

それから、ラタトスクというリスも、ユグドラシルの枝にすんでいる。ラタトスクは木の根元で、屍を食べる恐ろしいドラゴン、ニーズホッグからうわさ話や伝言をきいて、こずえにいるワシに伝え、ワシからきいたことをまたニーズホッグに伝える。その際、どちらにも嘘を伝えて怒らせては、おもしろがっている。

ユグドラシルの大枝では、四頭の雄鹿が、葉や樹皮を食べている。また、木の根元には数えきれないほどのヘビがいて、根をかんでいる。

世界樹、ユグドラシルには、のぼることもできる。オーディンはこの木に、自分を生贄としてつるした。そのため、世界樹は絞首台となり、オーディンは絞首台の主となった。

神々は、世界樹にはのぼらない。神々がひとつの世界から別の世界に移動するときには、ビフロストという虹の橋を渡る。虹を渡れるのは神だけだ。霜の巨人やトロールが虹にのぼってアースガルズへいこうとすると、足をやけどしてしまう。

九つの世界とは、次のとおり。

アースガルズ……アース神族の住む世界。オーディンはここに住んでいる。

アールヴヘイム……光の妖精が住む世界。光の妖精は、太陽や星と同じくらい美しい。

スヴァルトアールヴヘイム……ニザヴェッリルとも呼ばれる。小人たち（闇の妖精ともいう）が山の地下に住んで、すばらしい品々をつくっている。

ミズガルズ……男と女が住む世界。人間はここに住んでいる。

ヨトゥンヘイム……霜の巨人と山の巨人が住み、歩き回っている世界。巨人の城もいくつかある（巨人たち、とくに霜の巨人は神々と人間に敵意を持っている）。

ヴァナヘイム……ヴァン神族の住む世界。ヴァン神族はアース神族と和平協定を結んでいるので、アースガルズに住んでアース神族と共存している神々も大勢いる。

ニヴルヘイム……暗黒の霧の世界。

ムスペッル……火の世界。スルトが待っている。

ヘル……ヘルが治める世界。勇ましく戦って死んだ者以外の死者がいくところ。

世界樹の三本目の根は、神々の住む世界、アースガルズの泉にのびている。神々は、この泉のほとりで毎日、会議をひらく。世界の終わりが近づいて、これから最終決戦ラグナロクに出陣するというときに神々が集まるのも、この泉のほとりだ。泉の名は、ウルズという。

そこには、ノルンの三姉妹がいる。三人とも賢い乙女で、ウルズの泉の番をし、ユグドラシルの根をいつも泥で覆って保護している。ウルズの泉は、この三姉妹のひとり、ウルズのものだ。ウルズは運命であり、過去でもある。三姉妹のふたり目はヴェルサンディ（「なること」という意味）で、現在をつかさどっている。三人目はスクルド（「予定されていること」という意味）で、未来をつかさどる。

ノルンたちは、人々の人生に起こることを決める。ノルンは、この三人だけでなく、ほかにもいる。巨人のノルンもいれば、妖精のノルン、小人のノルン、ヴァン神族のノルンもいる。いいノルンもいれば悪いノルンもいる。そういうノルンたちが、みんなの運命を決める。いい人生を与えるノルンもいれば、つらい人生、短い人生、曲がりくねった人生を与えるノルンもいる。

ノルンたちがウルズの泉のほとりで、みんなの運命を形づくるのだ。

ミーミルの首とオーディンの目

巨人たちの世界、ヨトゥンヘイムに、ミーミルの泉がある。この泉は地底深くから湧き出て、世界樹ユグドラシルの根の一本を潤している。巨人のミーミルは賢者で、記憶の守り手でもあり、たくさんのことを知っている。ミーミルの泉は知恵そのものだ。世界ができたばかりの頃、ミーミルは毎朝、その泉にいってギャラルホルンという角笛で水をくんでは、飲んでいた。

昔々、世界ができたばかりの頃、オーディンはすその長いマントをまとい帽子をかぶって、さすらい人を装い、巨人の土地を旅して歩いた。そして、命の危険を覚悟のうえで、ミーミルの泉へ、知恵を求めてやってきた。

「ミーミル叔父さん、どうか一度だけ、あなたの泉の水を飲ませてください。ほんとうに一度だけでいいのです」オーディンはいった。

しかし、ミーミルは首を横にふった。自分以外の者に泉の水を飲ませるつもりはなかった。ミーミルは何もいわなかった。沈黙を守る者は、めったに過ちをおかさない。

「甥のわたしにも飲ませてくれないのですか。わたしの母のベストラは、あなたの姉だったというのに」

「甥だからというだけで、飲ませるわけにはいかない」

「ひとくちでいいんです。ミーミル叔父さん、この泉の水を飲ませてもらえたら、わたしは賢くなれるのです。何を差し出せば飲ませてもらえますか？」

「では、おまえの片目をもらおう。片目をこの泉に入れるのだ」

オーディンは、本気ですか？　とはたずねなかった。巨人の国に入ってからミーミルの泉までの旅は、長く、危険に満ちていた。オーディンは命がけでここまできたのだ。求める知恵を手に入れるためなら、それくらいのことではひるまなかった。

オーディンは決然たる表情で、たったひとことといった。

「ナイフを」

そして、するべきことをすると、自分の片目をそっと泉に入れた。目は、水のなかからオーディンをじっと見上げた。オーディンは、ギャラルホルンにミーミルの泉の水を満たし、口元へ持っていった。泉の水はひんやりしていた。その水を飲みほすと、知恵が一気に流れこんできた。片目しかなくなったが、両目でみていたときよりも遠くまで、はっきりと見えるようになった。

それ以後、オーディンには、「ブリンド（盲目の神）」「ハール（片目の者）」「バーレイグ（炎の目を持つ者）」といった呼び名も与えられた。

オーディンの目はずっとミーミルの泉のなかにある。世界樹ユグドラシルの根を潤す水のなかで、生きている。その目は何もみていないようでいて、すべてをみている。

時が過ぎ、アース神族とヴァン神族の戦いが終わったとき、双方は戦士や指揮官を人質として交換することになった。オーディンは、アース神族のひとり、ヘーニルと、その相談役としてミーミルを、ヴァン神族のもとへ送りこんだ。まもなく、ヘーニルはヴァン神族の新たな首長となった。

ヘーニルは長身で見た目もよく、いかにも王らしくみえた。実際、ミーミルがそばにいて助言してくれるときには、王らしく語り、賢明な決断を下した。ところが、ミーミルがそばにいないと、ヘーニルは何も決められないことが次第に明らかになった。ヴァン神族はこれに腹を立て、仕返しをしたが、標的はヘーニルではなくミーミルだった。ヴァン神族はミーミルの首を切り落として、オーディンに送りつけたのだ。

しかし、オーディンは怒らなかった。ある種のハーブをミーミルの首にすりこんで腐らないようにしてから、呪文を唱えた。ミーミルの知識が失われては困ると思ったのだ。まもなく、ミーミルは両目をあけてオーディンに話しかけた。ミーミルの助言は、それまでと同じようにすぐれたものだった。

オーディンはミーミルの首を世界樹の根元の泉に持っていき、自分の目の横に入れた。未来について、過去について、豊かな知識をたくわえた水のなかに。

オーディンはギャラルホルンを、アースガルズの見張りをしているヘイムッダルに与えた。いつの日か、ヘイムッダルがギャラルホルンを吹くとき、神々はみな、どこで、どんなにぐっすり眠っていようと、目を覚ます。

ヘイムッダルがギャラルホルンを吹くのはたった一度、すべてが終わるラグナロクのときだけだ。

神々の宝物

Ⅰ

トールには美しい妻がいて、名前をシヴといった。シヴはアース神族のひとりだ。トールはシヴを心から愛していた。シヴの青い目も、白い肌も、赤い唇も、笑顔も、長い長い髪も大好きだった。シヴの髪は、夏の終わりの麦畑のような金色だった。

ある朝、トールは目を覚まし、隣で眠っているシヴをみて、びっくりした。そしてしばらくのあいだ、ひげをかきながらその姿をみつめていたが、やがて、大きな手で妻の肩にそっとふれると、「その頭、いったいどうしたのだ？」とたずねた。

シヴは目をあけた。夏の空のような青い瞳を見ひらいて、「何のこと？」と聞き返す。だが、首を動かしたとたん、あら？　という目をして、頭に手をのばした。指にふれたのは、つるつるのピンク色の頭皮だ。シヴはこわごわ自分の頭をなでてから、トールをみた。顔がまっ青だ。

「髪の毛が……」と、シヴはそこまでしかいえなかった。

トールはうなずいた。「なくなっている。あいつに丸刈りにされたんだ」

「あいつって？」とシヴ。

トールは何もいわず、力帯《ちからおび》、メギンギョルズを胴に巻いた。これをつけると、強い力が倍になるのだ。トールはいった。

「ロキ。これはロキのしわざだ」

「なぜそう思うの？」シヴはつるつるになった頭をしきりにさわっていた。必死に指先でこすれば、髪の毛がまた生えてくると思っているかのようだ。

トールは答えた。「何かまずいことが起こったら、まず、ロキを疑うことにしている。手間が省けるからな」

トールがロキの部屋にいくと、扉に鍵がかかっていたので、体当たりして飛びこんだ。扉は粉々になった。トールはロキの胸ぐらをつかんで、たったひとこと、「なぜだ？」ときいた。

「なぜって、何が？」ロキはぽかんとして聞き返した。

「シヴの髪だ。妻の金色の髪の毛だ。あの美しい髪をなぜ？」

ロキの顔をいくつもの表情がよぎった。悪賢さ、ずるさ、残酷さ、困惑。トールはロキを強くゆさぶった。ロキはうつむいて、せいいっぱい申し訳なさそうな表情を浮かべると、答えた。「おもしろいかなと思ったんだ。酔っぱらってて」

トールは顔をくもらせた。「シヴの髪の毛は美しいので有名だった。それが一本もなくなったら、みんな、シヴが罪を犯した罰に髪を剃られたのだと思うだろう。シヴがしてはいけないことをした、というより、してはいけない相手とした罰だと」

「ああ、そうだな。たしかに、みんなそう思うよ。しかも、まずいことに、おれはシヴの髪の毛を根元から抜いてしまったから、シヴは一生、つるつるの頭で……」

「そんなことは許さん」トールはロキを見上げていった。ロキの襟首をつかんで高々と持ち上げている。トールの顔は怒りにゆがんで、雷そのもののようだ。

「悪いけど、髪の毛はもう生えてこない。だけど、帽子やスカーフで頭を覆っていれば……」とロキ。

「いや、シヴが一生、つるつるの頭でいるはずがない」とトール。「なぜなら、ロキ、ラウヴェイの息子よ、おまえがいますぐ、シヴの髪の毛をもとどおりにしないなら、このわたしが、おまえの体の骨を一本残らずへし折るからだ。一本ずつ、全部折ってやる。それでもシヴの髪が元通りにならなかったら、またおまえのところにきて、体の骨を一本残らずへし折る。何度でもそうする。毎日続けたら、じきに、さぞ骨折りの名人になるだろうな」トールはいくらか愉快そうな口ぶりになった。

「無理だ！」とロキ。「髪をもとにもどすなんてできない。そううまくはいかないよ」

トールはかまわず続けた。「今日は一時間ぐらいかかるだろうな。おまえの体の骨を全部へし折るには。だが、慣れれば、きっと十五分でできるようになる。どこまで時間を縮められるか、楽しみだ」トールはさっそく、ロキの骨を一本折った。

「小人だ！」ロキが叫んだ。

「何だって？」

「小人だよ。やつらは何でもつくれる。シヴの金色の髪だってつくれるさ。シヴの頭にくっついてちゃんとのびる、完璧な金色の髪を。やつらならできる。誓ってもいい」

「なら、さっさと小人のところへいって頼んでこい」トールは、高々と持ち上げていたロキの体を乱暴に落とした。

ロキはよろよろと立ち上がると、急いで部屋を出ていった。ぐずぐずしていると、トールにまた骨を折られかねない。

ロキは空を飛べる靴を履いて、小人たちの住む世界、スヴァルトアールヴヘイムに向かった。小人たちはそこで、いろんなものをつくって暮らしている。なかでも、ずばぬけて腕のいい職人といえば、イーヴァルディの息子の三兄弟だとロキは思った。

そこで、三兄弟が仕事をしている地下の鍛冶場を訪ね、こういった。「やあ、イーヴァルディの息子たち。ちょっと耳にしたんだが、ブロックとエイトリのふたり兄弟こそ、小人のなかで最高の職人で、あとにも先にもあのふたりにまさる職人はいないって話だ」

すると、イーヴァルディの息子のひとりがいった。「それは違う。おれたちこそ最高の職人だ」

「だけど、ブロックとエイトリなら、おまえたちに負けない、すばらしい宝物がつくれるだろうな」

「まさか!」いちばん背の高い、イーヴァルディの息子がいった。「あの不器用な能無しどもには、馬の蹄鉄だってつくれやしないさ」

いちばん背が低くていちばん賢いイーヴァルディの息子は、肩をすくめていった。

「どんなものだろうと、あいつらよりおれたちのほうがうまくつくれるに決まってる」

ロキはいった。「むこうはおまえたちに競争を挑んでるらしいんだ。それぞれが三つの宝物をつくって、どちらが最高の品をつくったか、アースガルズの神さまたちに判定してもらおうといってる。あ、ちなみに、宝物のひとつは髪の毛と決まってるようだ。永遠にのび続ける、金色の髪の毛だとさ」

「それならつくれる」兄弟のひとりがいった。三兄弟の顔はそっくりで、さすがのロキも、だれがだれだか区別がつかなかった。

そのあと、ロキは山をひとつ越えて、ブロックという小人のところへいった。ブロックは弟のエイトリといっしょに、工房でいろんなものをつくっている。ロキはいった。「イーヴァルディの息子たちが、三つの宝物をつくってアースガルズの神々に贈ろうとしてる。その宝物を神々にみてもらうらしい。それで、イーヴァルディの息子たちから伝言をあずかってきた。『おまえと弟のエイトリには、おれたちほどすばらしいものはつくれっこない』ってさ。そういや、あの三兄弟はおまえたちのことを、『不器用な能無しども』とかいってたな」

しかし、ブロックはばかではないので、用心深く答えた。「うさんくさい話だなあ、ロキよ。また、おまえさんの悪だくみじゃないのか？　おれたち兄弟とイーヴァルディの息子たちのあいだにいざこざを引き起こすとは、いかにもおまえのやりそうなことだ」

ロキはできるだけ正直そうな表情を浮かべた。実際、正直そのものの顔になって、無邪気にいった。「おれは関係ないよ。ただ、知らせておいたほうがいいと思ってさ」

「ほんとうに、おまえはこのことに関わっていないのか？」ブロックがきいた。

「いっさい、関わってない」

ブロックはうなずいて、ロキを見上げた。弟のエイトリはすばらしい職人だが、兄弟ふたりのうちで頭が切れて、決断力があるのはブロックのほうだった。「そうか、なら、おれたちも喜んで、イーヴァルディの息子たちと腕を競い、神々にみていただこう。エイトリの鍛冶の腕があれば、間違いなく、イーヴァルディ兄弟よりも上手に、すばらしいものをつくれるからな。ただし、おれと賭けをしろよ、ロキ。どうだ？」

「何を賭ければいいんだ？」ロキはたずねた。

「おまえの頭だ」とブロック。「もし、この競争におれたちが勝ったら、おまえの頭をくれ。おまえの頭は、そりゃもうめまぐるしく働いてる。エイトリならきっと、それを使ってすばらしいものをつくれるだろう。考える道具とかな。あるいは、インク壺かもしれないが」

ロキはにこにこしていたが、内心、しかめっ面になっていた。最初はとてもうまくいきそうに思えたのに……。しかし、何としても、ブロックとエイトリには宝物づくりの競争に負けてもらわなくてはならない。それでも、神々は小人たちから六つのすばらしい宝物を手にいれることになる。シヴも金色の髪を手に入れるだろう。きっとうまくいく。おれはロキなんだから……。

「いいとも。おまえたちが勝ったら、おれの頭をやろう。お安いご用だ」

いまごろ、山のむこうでは、イーヴァルディの息子たちが宝物をつくっているはずだ。その点は心配ない。しかし、ブロックとエイトリがあの三人よりもいいものをつくらないように、間違っても競争に勝ってしまわないようにしなければ。

ブロックとエイトリは鍛冶場に入った。なかは暗くて、明かりといえば、鍛冶炉でオレンジ色に燃えている炭の火明かりだけだ。エイトリは棚から豚の皮を出して、鍛冶炉に入れると、いった。「こういうときのために、これをとっておいたんだ」

ブロックは黙ってうなずいた。

エイトリがいう。「よし、兄さん、ふいごで風を送ってくれ。どんどん送ってくれ。炉を、絶えず熱くしておくんだ。さもないと、思いどおりのものができない。さあ、ふいごで風を送れ、さあ」

ブロックがふいごで、酸素たっぷりの空気を炉のまん中に送ると、炉のなかはすごく熱くなった。ブロックは、ふいごの扱いには慣れていた。エイトリはブロックの仕事ぶりを見守り、炉のなかが十分熱くなったのを確かめた。

それから、自分は別の作業をするため、鍛冶場を出ていった。エイトリが扉をあけたときに、大きな黒いアブが一匹、鍛冶場に飛びこんできた。ウシアブでもキンメアブでもなく、そのどちらよりも大きい。鍛冶場のなかをぐるぐる飛び回っているところは、なんともいやな感じだった。

ブロックの耳に、エイトリが鍛冶場の外で槌を使う音がきこえてきた。やすりをかけたり、ねじったり、形を整えたり、たたいたりする音もきこえる。

次の瞬間、あの大きな黒いアブ――ほんとうに、みたこともないほど大きくて黒かった――が、ブロックの手にとまった。しかし、ブロックは両手でふいごを使っていたから、手を止めて虫をたたいたりはしなかった。するとアブは、ブロックの手の甲にがぶっと嚙みついた。

それでも、ブロックは手を止めなかった。

やがて、扉があいてエイトリが入ってきたと思うと、できあがったものを炉のなかからそっと取り出した。それは巨大なイノシシのようにみえた。剛毛が金色に輝いている。

「いい出来だ」エイトリはほめた。「温度が少しでも高すぎるか低すぎるかしたら、時間のむだになるところだった」

「おまえもいい仕事をしてるじゃないか」とブロック。

黒いアブは天井の隅にとまって、かっかしたり、いらいらしたりしていた。

エイトリは、今度は金の塊を持ってきて炉のなかに置いた。「よし、次につくるものは、きっと神々をうならせるぞ。おれが声をかけたら、兄さんはふいごで風を送ってくれ。そして、何が起ころうと、手を動かすのをのろくしたり、速くしたり、止めたりしないでくれ。仕上がりに影響するから」

「よしきた」とブロック。

エイトリはまた鍛冶場を出ていって、自分の作業に取りかかった。ブロックは、エイトリの「始めてくれ」という声がきこえると、ふいごで風を送った。

黒いアブは、様子をうかがうように鍛冶場のなかをぐるぐる飛んでいたが、やがてブロックの首にとまった。そして、汗がしたたってくると、さっと飛びのいた。鍛冶場のなかは暑くて、風通しが悪い。アブはブロックの首にがぶっと嚙みついた。まっ赤な血が汗に混じって首を流れ落ちたが、ブロックは手を止めず、ふいごで風を送り続けた。

そこにエイトリがもどってきて、白熱した腕輪を炉から取り出し、石のくぼみにためた水に入れて一気に冷やした。腕輪が水に落ちた瞬間、ふぁーっと湯気が立った。腕輪が冷めるにつれて、オレンジ色からまっ赤、そして金色と、めまぐるしく色が変わった。

「これはドラウプニルというんだ」エイトリがいった。

「『こぼれ出るもの』？　腕輪につけるには、変な名前だな」とブロック。

「この腕輪にかぎって、そんなことはない」エイトリはそういうと、ブロックに、なぜ特別な腕輪なのか説明した。

「さて、もうひとつ、ずっと前からつくりたかったものをつくるぞ。おれの傑作になるはずだ。しかし、これは、ほかのふたつよりもっと難しい。だから兄さんは――」

「ふいごで風を送れ、決して手を止めるな、だろ？」とブロック。

「そのとおりだ。前のときより、もっと気をつけてくれ。手を動かす速さを変えちゃいけない。さもないと、すべて台無しになっちまう」エイトリは銑鉄《せんてつ》の塊を両手でつかんだ。それは、黒いアブ（じつはロキなのだが）がみたこともないほど大きな、鉄の塊だった。エイトリはそれを持ち上げると、炉に入れた。

それから鍛冶場の外に出て、風を送ってくれ、とブロックに大きな声で指示した。ブロックがふいごで風を送り始めると、エイトリが槌を使う音もきこえてきた。エイトリは、鉄をひっぱったり、形づくったり、溶接したり、つなげたりしているのだ。

アブに姿を変えたロキは、もうぐずぐずしている暇はないと思った。エイトリの「傑作」は、きっと神々の心を動かすだろう。神々が心を大いに動かされたら、自分は頭を失ってしまう。そこで、ブロックの両目のあいだにとまると、左右のまぶたにかわるがわる噛みついた。ブロックはそれでもふいごで風を送り続けた。どんなにか、目がちくちく痛むだろうに、手を休めはしない。ロキはますます深く、ますます強く、死にものぐるいで嚙みついた。ブロックのまぶたから血が出て、目に入り、頰《ほお》をつたう。ブロックは目がかすんできた。

そこで、目をすがめ、首を動かして、アブを振り落とそうとした。いやいやをするように首を振ったり、口をすぼめてアブに息を吹きかけたりもしたが、アブは離れようとしない。相変わらず嚙みついてくるので、ブロックは自分の血以外、何もみえなくなって、頭ががんがんしてきた。

ブロックは拍子をとってふいごで風を送っていたが、いちばん低く押しこんだ瞬間、片手を放してアブをたたいた。すごく速く、すごく強くたたいたので、ロキは命からがら飛び立った。

ブロックは手をふいごにもどして、また押し続けた。

「もういいぞ！」エイトリの声がした。

黒いアブはよたよたと鍛冶場を飛んでいたが、エイトリが扉をあけたとたん、逃げだした。

エイトリはがっかりした様子で兄をみた。ブロックの顔は血と汗にまみれていた。エイトリはいった。「さっき、兄さんがいったいどうしたのか知らないが、あやうく何もかも台無しになるところだったよ。しまいには温度がめちゃくちゃになっちまった。思い描いていた傑作にはほど遠いが、まあ、どうなるかみてみよう」

そこへロキが、もとのロキの姿で、あいている扉からふらりと入ってくると、ふたりに声をかけた。

「さて、宝物はできたかな?」

エイトリが答えた。「ブロックがアースガルズにいって、おれのつくった宝物を神々にみせて、おまえの頭を切り落とせばいい。おれはこの鍛冶場で、ものをつくっているのがいちばんだ」

ブロックは、まぶたの腫れ上がった両目でロキをにらむと、いった。「おまえの頭を切り落とすのが楽しみだ。おれをあれだけひどい目にあわせたんだから、当然の報いだ」

II

アースガルズの神殿では、三人の神がそれぞれの玉座に座っていた。万物の父である片目のオーディン、赤ひげの雷神トール、ハンサムな豊饒《ほうじょう》神フレイの三人だ。三人はこれから、宝物の判定をすることになっていた。

三人の前にはロキが立っていて、ロキの横にはイーヴァルディの三兄弟がいた。三兄弟は顔がそっくりで、だれがだれだか見分けがつかないほどだった。

ロキをはさんで反対側には、黒ひげのブロックがひとり、浮かない表情で立っていた。持ってきた宝物には布をかぶせて、みえないようにしてある。

オーディンが口火を切った。「さてと、何を判定すればよいのかな?」

「宝物さ」とロキ。「偉大なるオーディン、トール、フレイ、あんたたちのためにイーヴァルディの息子たちが宝物をつくった。同じく、エイトリとブロックの兄弟も宝物をつくった。全部で六つの宝物のなかで、どれがいちばんすぐれているか、判定してほしい。まずは、イーヴァルディの息子たちのつくった品々を紹介しよう」

ロキはオーディンに、グングニルという名前の槍を贈った。それは美しい槍で、複雑なルーン文字が彫りこまれていた。

ロキが説明する。「この槍はどんなものも貫くし、必ず的に命中する」オーディンは片目が不自由なので、ときどき狙いを外すことがあるのだ。ロキは続けていった。

「それと、もうひとつ重要なのは、この槍にかけて立てた誓いは決して破られないということだ」

オーディンはその槍を手に取ると、「じつに美しい」とだけいった。

「そして次は」ロキが得意そうにいった。「流れるような金髪だ。本物の金でできている。この髪を必要とする人の頭にぴったりくっついて、本物の髪のようにのび、あらゆる点で本物と変わらない。十万本の金の糸でできているんだ」

それをみて、トールがいった。「さっそく試してみよう。シヴ、こっちにおいで」

シヴは立ち上がって、前に進み出た。頭をスカーフで覆っている。シヴがそのスカーフを取ると、神々は思わず息をのんだ。つるつるの頭をみてしまったのだ。髪の毛が一本もなく、頭皮はピンク色をしていた。シヴはそろそろと、小人がつくった金のかつらを頭にのせると、髪をゆらしてみた。神々が見守るなか、かつらの底がぴたっとシヴの頭皮にくっついた。神々の前に立ったシヴは、以前よりもっと美しく、輝くばかりだった。

「みごとな出来だ。でかしたぞ！」トールが小人たちをほめた。

シヴは金髪をさっと振りはらうと、広間から日の光のなかに出ていった。新しい髪を、友だちにみせにいったのだ。

イーヴァルディの息子たちがつくった三つの宝のうち、最後のひとつは布のように小さくたたんであった。ロキはそれをフレイの前に置いた。

「これは何だ？　絹のスカーフのようにみえるが」フレイがつまらなそうにいった。

「たしかに」とロキ。「しかし、広げてみればわかるが、それは船なんだ。名前はスキーズブラズニル。その船はどこへいこうと、順風を受けて進む。しかも、想像もつかないほど巨大な船なのに、ごらんのとおり、たたむことができて、布のように小さくなるから、ポケットに入れて持ち歩くこともできる」

フレイは感心し、ロキはほっとした。三つともすばらしい宝物だった。

さて、今度はブロックが、持ってきた品々を披露する番だ。ブロックは、左右のまぶたが赤く腫れ上がっていて、首の横にはアブに噛まれた大きな痕があった。ロキは思った。こいつがここにいること自体、まったく身のほど知らずにみえるな。イーヴァルディの息子たちがつくったすばらしい宝物をみたあとでは、なおさらだ。

ブロックはまず、金の腕輪を手に取ると、玉座に座っているオーディンの前に置いて、いった。「この腕輪はドラウプニル、『こぼれ落ちるもの』という名前です。なぜなら、九夜ごとに、同じように美しい金の腕輪が八つ、この腕輪からこぼれ落ちるからです。新たに生まれた腕輪は、褒美としてだれかに与えてもいいですし、とっておいて富をふやすこともできます」

オーディンは腕輪を手に取ってじっくり見てから、自分の腕にはめて、二の腕のまん中あたりまで押し上げた。腕輪はきらりと光った。「じつに美しい」とオーディンはいった。

ロキは思い出した。さっき槍を手にしたときも、オーディンは同じことをいったな。ブロックは次にフレイのところへいくと、宝物にかぶせてあった布を取りのけた。すると、金の剛毛を持つ巨大なイノシシが現れた。

「このイノシシは、わたしの弟がフレイ様のためにつくりました。フレイ様の戦車を、こいつにひかせてください。このイノシシは、空も海もひとっ飛び、どんな駿馬よりも速く走ります。また、どんな暗い夜でも、金の剛毛でゆくてを照らしてくれます。こいつは疲れを知らず、決してあなたを失望させません。名前は、グリンブルスティ、『金の剛毛を持つもの』という意味です」

フレイは感心したようだった。それでも、とロキは思った。布のようにたためる魔法の船は、疲れを知らず走り続けて闇を照らすイノシシに負けず劣らず魅力的だろう。おれの頭は安泰だ。なぜなら、ブロックが神々にみせる最後の宝物は、おれがアブに変身して邪魔をしたせいで、あまり出来がよくないはずだから。

ブロックは、布をのけて槌を取り出すと、トールの前に置いた。

トールはそれをみて、ふん、と鼻を鳴らし、感想を口にした。

「柄がずいぶん短いな」

ブロックはうなずいた。「たしかに。それはわたしの落ち度です。ふいごで風を送っていたのはわたしですから。しかし、いらないとおっしゃる前に、この槌の特徴を説明させてください。これはミョルニルといって、稲妻を生む槌です。まず、決して壊れません。何かにどんなに強くたたきつけても、びくともしません」

トールは興味を持ったようだった。ここ何年ものあいだに、たくさんの武器を壊してしまっていた。たいていは、何かにたたきつけて壊した。

「それに、この槌を投げれば、必ずねらったところに当たります」

トールはますます興味を持ったようだ。すばらしい武器を腹の立つ何かに投げつけて的を外した結果、なくしてしまったことが何度もあったし、投げた武器がはるか彼方に消えるのを幾度となく目にしていた。それらの武器には、二度とお目にかかれなかった。

「そして、どんなに強く、どんなに遠くに投げようと、必ず手元にもどってきます」トールはもうにこにこしていた。雷神が笑うことは、そう多くないというのに。「大きさを変えることもできます。もっと大きくもなりますし、お望みなら小さくして、シャツの下にかくすこともできます」

トールが喜んで手をたたくと、雷鳴がアースガルズじゅうにとどろいた。

ブロックは最後に悲しそうにいった。「しかし、お気づきのように、この柄はまったく短すぎます。そうなったのはわたしのせいです。わたしが、ふいごを使う手を一瞬止めてしまったのです。弟のエイトリが槌を鍛えているときに」

「柄が短いのは、たいした問題ではない。見た目が悪いだけだ。それより、この槌があれば、霜の巨人たちから身を守れる。これは、いままで目にしたなかで最高の贈り物だ」

「その槌はアースガルズを守ってくれる。われわれみんなを守ってくれるだろう」オーディンも賛成していった。

「もし自分が巨人で、トールがそいつを持って向かってきたら、震え上がるだろうな」フレイもいった。

「たしかに、すばらしい槌だ。しかし、トール、あのかつらはどうだ？　シヴは美しい金髪を手に入れただろう！」ロキがやや必死になっていった。

「何だって？　ああ、そうだった。妻はじつに美しい髪を手に入れた。ところで、ブロック、この槌を大きくしたり小さくしたりするにはどうすればいい？　やってみせてくれ」

「トールのもらった槌は、わたしのもらった槍や美しい腕輪よりもすばらしいな」オーディンがうなずいていった。

「わたしがもらった船やイノシシよりもすばらしい。それがあれば、アースガルズの神々の身は安全だ」フレイも認めた。

三人の神々はブロックの背中をたたいて、ほめた。おまえと弟のエイトリは、わたしたちがいままでにもらったこともない最高の贈り物をつくった、と。

「ありがとうございます」ブロックは神々にお礼をいうと、ロキに向きなおった。「さあ、ラウヴェイの息子よ、頭を切り落とさせてもらうぞ。切り落とした頭を持ち帰ったら、エイトリはさぞ喜ぶだろうな。おまえの頭を使えば、何か役立つものがつくれそうだ」

すると、ロキはいった。「おれの……おれの頭なんかより、宝物をおまえたちにやるよ。おれが持っている宝物を、いくらでも」

「エイトリもおれも、宝物ならもう十分持ってる。宝物をつくっているんだからな。あいにくだが、ロキ、おれたちがほしいのはおまえの頭だ」

ロキはちょっと考えてから、いった。「なら、やるよ。捕まえられたらな」そして次の瞬間、高く飛び上がったと思うと、みんなの頭の上を走って、あっという間に姿をくらました。

ブロックがトールをみて、「ロキを捕まえられますか？」とたずねた。

トールは肩をすくめた。「ほんとうはまずいんだろうが、この槌を試してみたくてたまらない」

まもなくトールは、ロキをがっちり捕まえてもどってきた。ロキはかっかきていたが、さっきまでの勢いはもうなかった。

小人のブロックはナイフを取り出した。「ロキ、こっちへこい。その頭を切り落としてやる」

「わかった」とロキ。「切り落とせばいいさ。だけど——偉大なるオーディンもきいてくれ——もしおまえが、おれの首を少しでも切ったら、約束違反だぞ。おまえが切り落としていいのは、おれの頭だけだからな」

オーディンもうなずいて、いった。「ロキのいうとおりだ。ブロック、おまえにはロキの首を切る権利はない」

ブロックはいらいらして、「しかし、頭を切り落とすには、首を切らないわけにいきません」といった。

ロキはしたり顔になっていった。「ほらな、自分の言葉に責任を持とうと思ったら、だれもこのロキと争おうとはしないさ。これほど賢くて、頭が切れて、抜け目がなくて、見た目のいい者は……」

ブロックはオーディンの耳元で何かささやいた。するとオーディンも、「それならいいだろう」と同意した。

ブロックは細長い革とナイフを取り出すと、革をロキの口に巻きつけた。そして、ナイフの刃先を革に突き刺そうとした。

「うまくいかないな」とブロック。「ナイフが刺さらないぞ」

ロキはさらりといった。「あらかじめ、ナイフの刃から身を守る魔法を自分にかけておいたんだ。首は切れない、という理屈が通らないと困るからな。悪いけど、どんなナイフの刃もおれには切り傷ひとつつけられない!」

ブロックは低くうめくと、今度は千枚通しを取り出した。革細工に使うものだ。それを、ロキの口に巻いた革に突き刺して、上唇と下唇の何ヵ所かに穴をあけた。それから、丈夫な糸で革と上下の唇を縫い合わせると、さっさといってしまった。残されたロキは唇をしっかり縫い合わされて、文句もいえなかった。

ロキにとっては、しゃべれないことのほうが、唇を革に縫いつけられた痛みよりもつらかった。

神々はこうして、最高の宝物の数々を手に入れたのだが、それはもとはといえば、ロキのいたずらのおかげだった。トールの槌も、ロキがいたずらをしなければ手に入らなかった。ロキとはそういう存在だ。ロキには、とても感謝しているときでさえ、腹を立ててしまう。逆に、大嫌いだと思っていても、思わず感謝してしまうのだ。

城壁づくり

トールが東方に遠征して、トロールたちと戦っていたときのことだ。トールがいないとアースガルズは静かだったが、無防備でもあった。世界ができてまだ間がなく、アース神族はヴァン神族と和平を結んだばかりで、アースガルズの住み心地をよくしようとしていた。しかし、アースガルズは外敵からの守りが十分とはいえなかった。

オーディンがいった。「いつもトールにばかり頼るわけにはいかない。何か、われわれを守ってくれるものが必要だ。巨人やトロールがいつ攻めてくるかわからないからな」

「どうしたらいいでしょう？」アースガルズの番人のヘイムッダルがいった。

「城壁だ」とオーディン。「霜の巨人もよじのぼれないほど高く、最強のトロールも突破できないほど厚い、城壁をつくるのだ」

するとロキがいった。「そんなに高くて厚い城壁をつくるには、何年もかかるな」

オーディンはうなずいた。「だが、われわれには城壁が必要だ」

次の日、見慣れない男がアースガルズにやってきた。大男で、鍛冶屋のような身なりで、馬を引いていた。その雄馬はとてつもなく大きく、背中が広かった。

男は神殿に招き入れられると、いった。「城壁がいるそうですね」

「それで？」オーディンがきいた。

「わたしなら、立派な城壁をつくれます。どんなに背の高い巨人もよじのぼれないほど高く、どんなに力持ちのトロールも突破できないほど厚い城壁です。石をきっちり積み上げるので、すきまがなく、アリ一匹入りこめません。千年の千倍の年月、持ちこたえる城壁をつくります」

「それほどの城壁をつくるには、さぞ長い時間がかかるだろうな」ロキが口をはさんだ。

「そんなことはありません。わたしなら、十八ヵ月でつくれます。明日は、冬の最初の日です。冬が過ぎ、夏が過ぎ、その次の冬が終わるまでに、城壁を完成させてみせます」

「そのとおりにできたとして――」とオーディン。「見返りに何を望む？」

「わたしの求める報酬は、仕事のわりにはささやかなものです。お願いが三つあります。まず、美しい女神のフレイヤ様を妻にいただきたい」

「それは、ささやかな望みとはいえないな」とオーディン。「それに、フレイヤが自分なりの考えを持っていたとしても驚かない。それで、あとのふたつの望みは？」

男は不敵な笑みを浮かべた。「フレイヤ様を妻に迎えるのに加えて、昼の空に輝く太陽と、夜に明かりをくれる月をいただきたい。これら三つを、城壁を完成させたあかつきには、お与えください」

神々はフレイヤのほうをみた。フレイヤは何もいわなかったが、口をきつく結び、怒りに青ざめていた。首にかけたブリーシンガルの首飾りが、肌にふれるたびオーロラのような光を放つ。髪を束ねている金のリボンは、髪と同じくらい明るく輝いている。

「外で待っていてくれ」オーディンがいうと、男は出ていったが、その前に、馬のえさと水はどこにいけば手に入るか、たずねた。男の馬の名はスヴァジルファリ、「不運な旅をするもの」という意味だった。

男が立ち去ると、オーディンは額をかいてから神々のほうに向き直って、たずねた。

「さて、どうする？」

すると、みんなが口々にしゃべりだした。

「静かに！　発言はひとりずつだ！」オーディンは叫んだ。

男の神も女の神もそれぞれ意見を持っていたが、結局、全員が同じ考えだった。つまり、フレイヤや太陽や月のように大切でかけがえのないものを、見知らぬ男にやってしまうのはもったいないと、みんなが思っていた。たとえ、その男がたった十八ヵ月で城壁をつくれるとしても、与えるわけにはいかないというのだ。

フレイヤには、ほかにもいいたいことがあった。あの男はあまりに無礼だから、鞭打ちの刑に処してアースガルズから追い出すべきだという。

万物の父、オーディンはいった。「では、決まりだな。あの男の申し出は断る」

そのとき、広間の隅から咳ばらいがきこえた。ちょっときいてくれ、といいたげな咳ばらいだったので、みな、だれだろう？　と思ってそちらをみると、ロキと目が合った。ロキは神々をみつめ返し、にっと笑って人さし指を立ててみせた。重大な発表がありますよ、とでもいいたげだ。

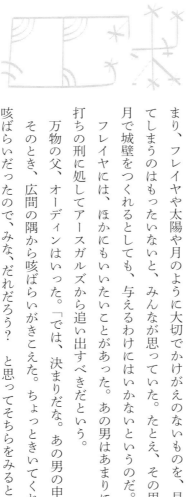

「みんな、すごく大事なことを見逃してるぞ」

「何ひとつ見逃してなどいないわ、厄介者」フレイヤがきつい口調でいった。

「いや、見逃してる。あの男がやるといってることは、はっきりいって、とうてい不可能だ。命ある者のなかで、あいつがいったような高くて厚い城壁をつくれる者などいやしないし、しかも十八ヵ月で完成させるなんて無理に決まってる。巨人だろうと神だろうと、できるわけがない。まして、人間にはとても無理だ。もしできたら、生皮をはがれてもいい」

これをきくと、神々はみな、うなずいたり、感心してうなったり、なるほどという表情を浮かべたりした。しかしフレイヤだけは、怒っていった。「みんな、どうかしてるわ。とくにロキ、あなたは愚かよ。自分では利口だと思っているから、よけいにね」

ロキはかまわず続けた。「あの男ができるといっていることは、実際にはとうてい無理だ。そこで、こうしたらどうかな。とりあえず、むこうの要求をのむ。そのかわり、もっと厳しい条件を出す。だれにも手伝わせないで城壁をつくること。それと、十八ヵ月ではなく、六ヵ月で完成させること。夏の最初の日になって、城壁に少しでも未完成なところがあったら――そうなるに決まってるが――報酬はいっさい渡さない」

「そんな厳しい条件を、相手がのむだろうか？」ヘイムッダルがきいた。

「城壁ができないんだったら、しょうがないじゃないか」フレイヤの兄のフレイもいった。

ロキは叫びだしたくなるのを懸命にこらえた。まったく、神々はそろいもそろってばかばかりか？　と思ったが、しかたなく、小さい子どもに説明するようにいった。

「いいか、あの男は城壁をつくり始めるが、完成させられない。六ヵ月間、ただ働きをするだけだ。六ヵ月たったら、われわれはあいつを追い出す。なんなら、約束を破ったといって鞭で打ってやってもいい。あとは、あいつがつくったものを基礎として、その後何年かかけて、自分たちで城壁をつくればいい。そうすれば、フレイヤを失う恐れもないし、太陽も月もやらなくてすむ」

「しかし、六ヵ月で城壁をつくるなんてことに、あの男が同意するだろうか？」軍神のテュールがいった。

「それはわからないが」とロキ。「あいつは傲慢で自信家のようだし、挑戦されれば

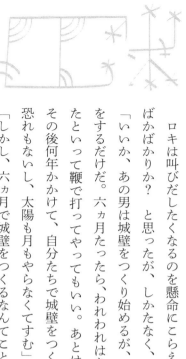

受けて立つタイプだと思う」

神々はみな、なるほどとうなって、ロキの背中をたたくと、口々にいった。じつに悪賢いやつだ。しかし、それはいいことだ。おまえがわれわれの味方でいるかぎりは。まったく、城壁の土台を、ただ働きで築かせるとはな……。そして神々は、互いをたたえあった。われわれはなんて頭がいいのだろう、なんて取引がうまいのだろう、と。

そんななか、フレイヤは黙ったまま、小人たちから贈られた、輝く首飾りをさわっていた。その首飾りは、かつて水浴中に、アザラシに変身したロキに盗まれたのだが、ヘイムッダルがアザラシに変身してロキと戦い、取りもどしてくれたのだ。

フレイヤはロキを信用していなかった。それに、この話の流れも気に入らなかった。

神々は、さきほどの男を広間に呼び入れた。

男は神々を見渡した。どの神も機嫌がよさそうで、にこにこして、互いをひじでつつきあって笑っている。しかし、フレイヤだけは笑っていなかった。

「さて、いかがでしょう?」男がきいた。

ロキがいった。「おまえは、十八ヵ月で城壁を完成させるといったが、こちらとしては六ヵ月で完成させてほしい。明日は、冬の最初の日だ。もし、夏の最初の日に城壁が完成していなかったら、立ち去ってもらう。報酬はなしだ。そのかわり、おまえがその日までに約束どおり、十分高く、十分厚く、十分堅固な城壁をつくり終えることができたら、望みのものをすべて与えよう。月も、太陽も、そして美しいフレイヤも。ただし、城壁づくりには、だれの助けも借りてはいけない。おまえひとりで築くのだ」

男は、しばらく何もいわなかった。じっと遠くを見つめて、ロキのいったことや仕事の条件について、じっくり考えているようだった。やがて、男はふたたび神々のほうをみると、肩をすくめていった。「だれの助けも借りないように、とのことですが、愛馬のスヴァジルファリには、城壁に使う石をここまで運ぶのを手伝わせたい。これは理にかなったお願いだと思うのですが」

「たしかに、理にかなっている」オーディンが認めると、ほかの神々もうなずいて、重い石を運ばせるのは馬にかぎる、などと言葉を交わした。

そこで、神々と男は誓いを立てた。それは何よりも固い誓い、どちらも裏切ることの許されない誓いだった。それぞれの武器にかけて誓い、オーディンの金の腕輪、ドラウプニルにかけて誓い、オーディンの槍、グングニルにかけて誓った。グングニルにかけて立てた誓いは、決して破られない。

その翌朝、太陽がのぼると、神々は男の仕事ぶりをみにいった。男は両手に唾を吐きかけると、溝を掘り始めた。その溝のなかに、城壁の一段目の石を並べて埋めこむのだ。

「深く掘っているな」ヘイムッダルがいった。

「しかも、掘るのが速い」フレイヤの兄のフレイもいった。

「まあ、たしかに、溝掘りにかけてはたいしたもんだ」ロキもしぶしぶ認めた。「しかし、考えてみてくれ。これからどれだけたくさんの石を、山から切り出してここまで運んでこなきゃならないか。溝掘りがうまくいったとしても、大変なのはこれからだ。何キロも離れたところから大量の石を運んできて、だれの手も借りず、その石をひとつひとつ、アリも通りぬけられないほどきっちり積み上げて、どんなにでかい巨人よりも高い城壁を築くんだからな」

フレイヤが顔をしかめてロキをみたが、何もいわなかった。

日が沈むと、男は馬にまたがり、山に向かって出発した。最初に使う石を集めるためだ。馬は空っぽのそりのようなものを引いて、やわらかな土の上を進んでいく。神々は遠ざかる男と馬を見送った。月が、初冬の夜空に高く、白く浮かんでいた。

ロキがいった。「まあ、一週間はかかるだろう。あの馬がどれだけの石を運んでこられるか、楽しみだな。なかなか力のありそうな馬だった」

そのあと、神々は神殿の広間にいって宴を催した。みんな大いに楽しみ、笑ったが、フレイヤだけは笑わなかった。

夜明け前に雪が降った。雪は軽やかに舞って、やがて深く降り積もることを予感させた。

番人のヘイムッダルは、アースガルズに近づいてくるものを何ひとつ見逃さない。夜明け前のまだ暗い時間に、ヘイムッダルは神々を起こした。神々は外に出て、前の日にあの見知らぬ男が掘った溝のそばに集まった。すると、夜が白々と明けるなか、あの男が馬と並んで歩いてくるのがみえた。

馬は確かな足取りでそりを引いてくる。そりには黒い花崗岩《かこうがん》が二十個積んである。よほど重いのだろう、そりの底が黒い土に食いこんで、深い跡を残している。

男は、神々をみると手を振ってよこし、おはようございます、と明るくあいさつした。のぼる太陽を指さして、片目をつむってみせる。それから、馬に引かせていたそりを外すと、馬には草をはませ、自分は花崗岩を転がして、あらかじめ掘っておいた

溝に埋めた。

それをみて、アース神族の男の神のなかで最も美しいバルドルがいった。「あの馬は、じつに強力《ごうりき》だな。ふつうの馬では、あんなに重い石を運べるわけがない」

「われわれが思った以上に力がある」賢者のクヴァシルもいった。

「まあまあ」とロキ。「馬はじきに疲れるさ。今日はまだ初日だ。いくら何でも、毎晩、あんなにたくさんの石を運べやしないだろう。それに、もうすぐ冬だ。雪が深く積もり、吹雪で見通しが悪くなれば、山までいくのに難儀する。心配することはない。すべて計画どおりさ」

「ほんとうにいやな人ね」とフレイヤ。さっきからフレイヤはにこりともせず、ロキの隣に立っていたが、夜が明けきらないうちにアースガルズにもどり、男が城壁の土台を築くのを、そこに残って見届けようとはしなかった。

男は夜ごと、馬に空《から》のそりを引かせて山に出かけ、翌朝には必ずもどってきた。そのたびに、馬は大きな花崗岩を二十個、運んできた。どの石も、どんな長身の人間より大きかった。

城壁は日ごとに高くなり、夕暮れどきには前日よりも大きく、立派になっていた。

ある日、オーディンは神々を集めていった。

「城壁はどんどん高くなっている。そしてわれわれは、決して破られない誓いを立てている。腕輪にかけて誓い、槍にかけて誓った。もしあの男が期日までに城壁を完成させたら、太陽と月を与え、美しいフレイヤを娶《めと》らせると誓ったのだ」

賢者のクヴァシルがいう。「だれにも、あの男ほどの仕事はできない。あの男は人間以外の何者かにちがいない」

「巨人かもしれないな」とオーディン。

「トールがここにいてくれたらなあ」バルドルがため息をついた。

「トールは、はるか東方でトロールをたたきのめしている」とオーディン。「もしトールがもどってきたとしても、われわれが立てた誓いは強力で、逃れようがない」

するとロキが、神々を安心させるようにいった。「みんな、ばあさんみたいだぞ、何でもないことをくよくよ心配して。あいつが、夏の最初の日までに城壁を完成させられるわけがない。どんなに力のある巨人でも、絶対に無理だ」

「トールがいてくれたらなあ」とヘイムッダル。「トールなら、どうすればいいか、きっとわかるはずだ」

やがて雪が降ったが、雪が深く積もっても、城壁を築いている男とその愛馬スヴァジルファリの勢いが鈍ることはなかった。灰色の雄馬は、石を山ほど積んだそりを引いて、雪の吹きだまりを越え、吹雪のなかを突き進み、険しい山道をのぼったりくだったりし、凍った峡谷を走り抜けた。

そうこうするうちに、日がのびてきた。

夜の明けるのが日ごとに早くなった。雪は解けだし、ぬかるんだ泥は重く、ブーツにこびりついて歩みをのろくさせた。

ロキはいった。「あの馬も、地面がこうぬかるんでいたのでは、重たい石を運べやしないさ。石が泥に沈んで、動けなくなるからな」

しかし、スヴァジルファリは決して転ばず、どんなにぬかるんだ地面もものともせずに、石をアースガルズに運び続けた。ただ、そりは重さに耐えかねているかのように、山肌に深い傷を残した。城壁は、いまでは何十メートルもの高さに達し、男はさらに高く石を積み上げていく。

やがて、ぬかるんでいた土も乾いて、春の花が咲きだした。黄色いフキタンポポや白いヤブイチゲがあたり一面に咲く頃には、アースガルズのまわりにはみごとな、堂々たる城壁が築かれつつあった。完成すれば、難攻不落になることは間違いない。どんな巨人も、トロールも、小人も、人間も、その城壁を突破することはできそうにない。そして、男は城壁を築いているあいだじゅう、上機嫌だった。雨が降ろうと雪が降ろうと気にする様子もない。それは男の愛馬も同じだった。毎朝、男と馬は山から石を運んできた。毎日、男は花崗岩を積み上げて城壁を高くした。

とうとう、冬の最後の日になった。城壁はほとんど完成していた。

神々はアースガルズの玉座に座って、話しあった。

バルドルがいった。「われわれの太陽は、もうあの男のものと決まったようなものだ」

詩神のブラギも憂鬱《ゆううつ》そうにいった。「われわれは月を空に浮かべて日と月と年をつくったのだが、これからは月もなくなる」

「だが、フレイヤは？　フレイヤがいなくなったら、わたしたちはどうすればいい？」

テュールがきいた。

フレイヤは冷ややかにいった。「もし、あの男がほんとうに巨人なら、わたしはあの男と結婚してヨトゥンヘイムまでついていきます。楽しみにしていてくださいな、わたしがどちらを恨むことになるか。わたしを連れ去ろうとしているあの男と、わたしをあの男にやろうとしているあなたがた全員と」

ロキが「まあ、そう怒らずに――」といいかけたが、フレイヤはさえぎっていった。

「あの巨人が、ほんとうにわたしと太陽と月を連れ去るのなら、ひとつだけ、アースガルズの神々に頼みがあります」

「いってみるがいい」万物の父、オーディンがいった。オーディンはそれまでずっと黙っていたのだ。

「だれにせよ、この災いを引き起こした者を、わたしが去る前に殺してください。それは理にかなったことだと思います。わたしが霜の巨人の国に連れ去られ、月と太陽が空からもぎ取られて世界が永遠の闇に沈むのなら、わたしたちをこんな目にあわせた者は、命を奪われて当然です」

「しかし」とロキ。「それがだれのせいか、明らかにするのはすごく難しいぞ。だれがどんな提案をしたか、正確に覚えている者などいるか？　おれの記憶では、すべての神が平等に、この不幸な過ちの責任を負っている。みんながいいだして、みんなが賛成して――」

「あなたがいいだしたのよ」とフレイヤ。「あなたが、このおばかさんたちをいいくるめたの。だからわたしは、あなたが死ぬのをみてから、アースガルズを去ります」

「いや、みんなで――」ロキはいいかけたが、広間にいる神々の表情をみて黙った。

「ラウヴェイの息子、ロキよ、これが、おまえの愚かな助言の結果だ」オーディンがいった。

「おまえの助言は役に立ったためしがないな」バルドルがいうと、ロキはむっとしたようにバルドルをにらんだ。

オーディンがいった。「あの男に、賭けに負けてもらわなければならない。だが、誓いは破れない。あの男が失敗すればいいのだ」

「わからないな。おれにどうしろっていうんだ」とロキ。

「どうしろとはいわない。しかし、あの男が明日の終わりまでに城壁を完成させてしまえば、おまえには苦痛に満ちた長い死が待っている。最悪の、恥ずべき死がな」

ロキは神々ひとりひとりを見渡した。そして、どの神の顔にも自分の死をみた。怒りと憤りをみた。慈悲や許しはみられなかった。

たしかに最悪の死になるだろう。だが、ほかにどうする？　何ができる？　あの男に襲《おそ》いかかる気にはなれない。待てよ、逆に……。

ロキはうなずいた。「まかせてくれ」

ロキは広間を出ていき、神々はだれひとり止めようとしなかった。

男は、その日の分の石を城壁のいちばん上に積んだ。明日、夏の最初の日、太陽が沈む頃には、城壁を完成させ、報酬をもらってアースガルズを去る。あと二十個、石を積めば終わりだ。男は丸太の足場を降りると、口笛を吹いて馬を呼んだ。

スヴァジルファリはいつものように草をはんでいた。森の外れの丈高い草のなかにいて、城壁からは一キロ近く離れているが、主人の口笛がきこえれば、必ずもどってくる。

男は、空っぽのそりについている縄をつかんだ。これをあの大きな灰色の雄馬につなぎさえすれば、出発できる。日は低くなっているが、まだ数時間は沈まないし、月も、あまり明るくはないが、空の高みに出ている。太陽も月も、まもなく自分のものになる。あのまばゆい光も、やわらかな光も。そして、太陽より月より美しい女性、フレイヤも。しかし、まだ手に入れていないもののことを考えるのはよそう。自分はほんとうに長いあいだ、猛烈に働いてきた。冬のあいだずっと、休むことなく……。

男はもう一度口笛を吹いて、馬を呼んだ。おかしい。いつもは一度呼べば飛んでくるのに。みると、スヴァジルファリはしきりに首を振って、なんだか踊っているようだ。野の花が一面に咲いている春の草原で、一歩進んだと思うと、一歩下がる。春の宵の暖かい空気のなかにいいにおいをかぎつけたが、何のにおいかわからない――そんな様子だ。

「スヴァジルファリ！」男が呼ぶと、馬は両耳をぴんと立てて、草原を駆けだした。まっしぐらにこちらに向かってくる。

男はそれをみて、よし、と思った。草原を渡ってくるひづめの音が、二重にも四重にもきこえる。花崗岩の高い城壁にひびいているのか……。男は一瞬、馬が群れをなして自分のほうに駆けてくるような気がした。

いやいや、馬は一頭しかいない。

いや、違う。男は首を振り、間違いに気づいた。一頭じゃない。一頭分のひづめの音じゃない。馬は二頭いる……。

もう一頭は栗毛の雌馬だ。雌だということはすぐにわかった。脚のあいだをみるまでもない。体つきをみれば一目瞭然、どこからどうみても栗毛は雌だ。スヴァジルファリが、草原を走りながらくるっと向きを変えたと思うと、走る速度をゆるめ、後ろ脚で立って大きくいなないた。

栗毛の雌馬は知らんぷりをした。止まりはしたが、まるでスヴァジルファリなどいないかのように、首を下げて草を食べるようなしぐさをした。相手が近づいてきても、おかまいなしだ。ところが、スヴァジルファリが十メートルほど近くまでくると、雌馬はさっと逃げだし、駆け足になったかと思うと、全速力で走った。スヴァジルファリもすかさず追いかけて、雌馬を捕まえようとする。一馬身から二馬身後ろを走って、ときおり追いついては雌馬の尻や尾を軽くかむが、決まって逃げられてしまう。

二頭の馬は草原を走り続けた。夕暮れのやわらかい金色の光をあびて、灰色の雄馬も茶色の雌馬も、横腹に汗を光らせている。二頭はまるで、ダンスをしているかのようだった。

男は大きく手をたたき、口笛を吹いて、スヴァジルファリの名を呼んだが、雄馬は見向きもしなかった。

男は走りだした。スヴァジルファリを捕まえて、目を覚まさせてやるつもりだった。ところが、栗毛の雌馬が、まるで男の意図を察したかのように、走る速度をゆるめたかと思うと、両耳とたてがみを雄馬の首にすりつけたのだ。そしてまた走りだした。

オオカミの群れにでも追われているかのように、森のほうへ駆けていく。スヴァジルファリもあとを追い、あっという間に、二頭とも森のなかに消えた。

男はののしり、唾を吐いて、自分の馬がまた現れるのを待った。

影が次第に長くなったが、スヴァジルファリはもどってこない。

男は、石を運ぶそりのところにもどった。森のなかをのぞきこんだ。それから両手に唾を吐き、縄を握ると、そりを引いて、春の花咲く草原を進み、山の石切り場に向かった。

男は、夜明けには帰ってこなかった。太陽が高くのぼってからようやく、石をのせたそりを引いてアースガルズにもどってきた。

そりには十個の石がのっていた。男ひとりでは、それだけ運んでくるのが精一杯だったのだ。重たいそりをやっとのことでひっぱりながら、このクソ重い石が、などと悪態をつき、それでもひっぱるたび、城壁に近づいてきた。

美しいフレイヤは、城壁の入口に立ってその様子をみていたが、男にいった。

「石を十個しか持ってこられなかったのですね。城壁を完成させるには、その二倍の石がいるでしょう」

男は何もいわなかった。黙って石を引きずって、未完成の門に向かってきた。その顔に表情はなかった。男はもう笑ってもいなければ、片目をつむったりもしなかった。

フレイヤが男に告げた。「トールが東方からもどってきます。まもなく、このアースガルズに到着するでしょう」

アースガルズの神々も出てきて、男が石を城壁のほうへ運んでくるのをながめた。神々はフレイヤのまわりに、彼女を守るように立った。

そして、初めのうちは黙ってみていたが、やがて笑ったり男に質問したりし始めた。

「おーい！」バルドルが大きな声で男にいった。「その城壁を完成させても、太陽しかやらないぞ。だが、ほんとうに太陽を持って帰るつもりか？」

「月だって、持って帰るのは大変だぞ」とブラギ。「気の毒だな、馬がいなくなって。馬さえいれば、必要な石を全部運べたのにな」

神々は、どっと笑った。

男はそりの縄を放り出して、神々のほうをみた。「だましたな！」といった男の顔は、疲れと怒りでまっ赤だった。

オーディンがいった。「だましたのは、おまえも同じだ。おまえが巨人だと知っていたら、われわれがおまえに城壁をつくらせたと思うか？」

男は、運んできた大きな石をひとつ、片手で持ち上げると、別の石にたたきつけた。花崗岩がまっぷたつに割れた。男は神々のほうを向いた。半分になった花崗岩を、左右の手にひとつずつ持っている。男の背丈が五メートルになり、十メートルになり、十五メートルになった。男の顔がゆがんだ。冬の初めにアースガルズにやってきた見知らぬ男とは別人のようだ。あのときの、おだやかで落ち着いた物腰のかけらもない。男の顔は花崗岩の絶壁のように険しく、激しい怒りと憎しみにゆがんでいた。

「おれは山の巨人だ。おまえたちはいかさま師のペテン師だ。よくも誓いを破ったな。あの馬さえいれば、これからだって城壁を完成させられる。そうしたら、美しいフレイヤと太陽と月を報酬にもらって帰れる。おまえたちは暗く寒い世界で、元気づけてくれる美女もいなくなる」

「誓いは破られてなどいない」とオーディン。「そして、どんな誓いも、いまとなってはおまえをわれわれから守りはしない」

山の巨人は怒りの叫びをあげると、神々に突進してきた。巨大な花崗岩の塊を、こん棒のように左右の手で振り上げている。

神々は、さっとわきによけた。そのとき、巨人は初めて知った。神々の後ろにだれが立っているかを。それは巨体の神だった。赤いひげを生やし、筋骨隆々で、鉄の手袋をした手に鉄の槌を持っている。その神は槌を振り上げると、巨人に狙いをさだめた。

晴れた空に稲妻が走り、雷鳴が鈍くとどろき、槌がトールの手から放たれた。山の巨人の目に、槌がいきなり大きくなって迫ってくるのがみえたと思うと、次の瞬間、ほかには何もみえなくなった。そしてそれきり、何もみえなくなった。

神々は自分たちで城壁を完成させたが、それには何週間もかかった。山の高いところにある石切り場からあと十個の花崗岩を切り出して、はるばるアースガルズに運んできて門のてっぺんにのせるのは、すごく大変だった。石はどれもでこぼこしていて、きっちり積み上げるのが難しかった。あの男があらかじめ形を整えてから積んだ石とは、まるで違ったのだ。

神々のなかには、あの男にもっと作業を進めさせて、城壁が完成するほんのまぎわに、トールに殺してもらえばよかったという者もいた。トールは、東方から帰ってきたときに楽しみを用意しておいてもらえて嬉しかった、といった。

不思議なことに、ロキはその場にいなかった。いつものロキなら、よくぞ雌馬に変身してスヴァジルファリを誘惑し連れ去ったと、ほめてもらえる機会を逃すはずがないのに。ロキがどこにいるのか、だれも知らなかったが、みごとな栗毛の雌馬がアースガルズの下の草原にいる、といううわさがきこえてきた。ロキは一年近く姿をみせず、ようやく現れたときには、灰色の子馬を連れていた。

それは美しい子馬だったが、脚が四本ではなく八本もあって、ロキのいくところにはどこへでもついていき、ロキに鼻づらをこすりつけたりして、まるで母親に甘えているようだった。もちろん、ロキはこの子馬の母親だった。

その子馬は成長して、スレイプニルという巨大な灰色の雄馬になった。これほど脚が速く、これほど頑強な馬は、あとにも先にもいたためしがない。スレイプニルは、風よりも速く走ることができた。

ロキはスレイプニルをオーディンに贈った。それは、神々の世界でも人間の世界でも、最高の馬だった。

多くの人がオーディンの馬のスレイプニルをほめたが、よほど勇気のある者以外は、この馬がどの馬の子であるか、ロキの前で口にすることはなかったし、一度口にしても繰り返すことはなかった。ロキは、スヴァジルファァリを誘惑して飼い主から引き離すことで、自身の愚かな考えが招いた危機から神々を救った。しかし、だれかがその話をしているのを耳にすると、ロキはその相手にとことんいやがらせをした。いったん腹を立てると、いつまでも根に持つ性分だった。

以上が、神々が城壁を手に入れたいきさつだ。

ロキの子どもたち

ロキはハンサムで、そのことを自分でもよく知っていた。みんな、ロキを好きになりたかったし、ロキを信じたかったが、この神はひかえめにいってもあてにならず、自分勝手だったし、もっといえば悪ふざけがすぎるし、ひどいときは残酷だった。ロキはシギュンという女と結婚した。シギュンは、ロキのプロポーズを受けて結婚したときには幸福で美しかったが、次第に、いつも悪い知らせにおびえているようになった。シギュンは、ロキの息子のナルヴィを産み、その後まもなく、もうひとりの息子ヴァーリを産んだ。

ロキはときどき、突然姿を消して、長いあいだ帰ってこないことがあった。そんなとき、シギュンは最悪の知らせを予期しているようだったが、ロキはかならずシギュンのところへ帰ってきた。こそこそと後ろめたそうに帰ってくるのだが、やけに得意そうでもあった。

ロキは三度いなくなったが、三度とも、結局帰ってきた。

三度目にロキがアースガルズに帰ってきたとき、オーディンはロキを自分のところへ呼んだ。

「じつは夢をみたのだが、おまえには子どもがいるな」老いた片目の賢者、オーディンはいった。

ロキは答えた。「ナルヴィという息子がいる。いい子だが、実のところ、いつも父親のいうことをきくとはかぎらない。もうひとり、ヴァーリという息子がいて、こちらは素直でおとなしい子だ」

「その子たちとは別に、三人の子どもがいるだろう。おまえはこっそりアースガルズを抜け出して、幾日も幾夜も、霜の巨人の国で女巨人のアングルボザと過ごしていた。そしてアングルボザは、おまえとのあいだに三人の子を産んだ。わたしは眠りのなかで、その子らを心の目でみたのだが、彼らは将来、神々にとって最大の敵となるだろう」

ロキは黙っていた。恥じている表情を浮かべようとしたが、実際には得意そうな顔になっていた。

オーディンは神々を呼び集めた。そして、テュールとトールを先頭に神々がやってくると、こう命じた。巨人の国、ヨトゥンヘイムまではるばる旅をして、ロキの三人の子どもをアースガルズに連れてくるように。

神々は巨人の国へおもむき、幾多《いくた》の危険を切り抜けて、ようやくアングルボザの館に着いた。アングルボザは、神々が訪ねてくるとは思っていなかったので、子どもたちを大広間で遊ばせていた。

神々は、ロキとアングルボザの子どもたちの姿をみてぎょっとしたが、ひるみはしなかった。三人の子どもを捕まえて、手足をしばると、いちばん年長の子を、皮をはいだマツの幹に縛りつけて運ぶことにした。二番目の子にはヤナギの枝を編んでつくった口輪をはめ、首に縄を巻きつけ、それをひいて歩かせた。三番目の子は神々と一緒に歩いたが、ふくれっ面をして悪たれていた。

その三番目の子は、右側にいる神々には美しい娘にみえた。ところが、左側にいる神々はその子から目をそらした。まるで死人のようだったからだ。皮膚も肉も黒ずんで腐っている。娘はそんな姿で、神々のまん中を歩いていた。

「おかしいと思わないか？」トールがテュールにそうきいたのは、帰路について三日目のことだった。一行はまだ霜の巨人の国にいて、前の晩は小さな空地で野宿をした。テュールは、ロキの二番目の子の、毛がふさふさ生えている首を、大きな右手でかいてやっていた。

「何が？」テュールは聞き返した。

「巨人どもが追ってこない。この子たちの母親さえも、こない。まるで、ロキの子どもたちをヨトゥンヘイムから連れ去ってくれといわんばかりだ」

「そんなばかな話があるか」テュールはそういったものの、たき火にあたって暖まりながら、思わずぶるっと震えた。

それからさらに二日間、つらい旅を続けて、一行はようやくオーディンの館に帰り着いた。

「ロキの子どもたちを連れてきました」テュールが言葉少なにいった。

一番目の子はマツの幹に縛りつけられていて、いまでは幹よりも長くなっていた。その子は、ヨルムンガンドという名の大蛇だった。

「連れて帰ってくるあいだに一メートル以上も成長したのです」テュールは説明した。

トールも言葉を添えた。「気をつけてください。黒くてものすごく熱い毒汁を吐きます。わたしはあやうく浴びそうになりました。それで、こうして頭を木に縛りつけたのです」

すると、オーディンはいった。「まだ子どもだから、もっと大きくなるだろう。だれにも危害を加える心配のないところへやってしまおう」

オーディンは大蛇のヨルムンガンドを、あらゆる国の果てにある、ミズガルズをとりまく大海の岸に連れていって放した。みていると、大蛇はするりと海に入り、波間をくねくねと泳ぎ去った。

オーディンはひとつしかない目で、ヨルムンガンドが水平線の彼方に消えていくまで見届けた。これでよかったのだろうか？　それはオーディンにもわからなかった。夢のお告げのとおりにしたのだが、夢というものは、みた部分がすべてとはかぎらない。神々のなかで最も賢いオーディンでさえ、夢には未知の部分があるのだ。

この大蛇は、世界を囲む灰色の海のなかで成長しつづけ、ついには陸をひとまわりするほどになる。そして、「ミズガルズ蛇のヨルムンガンド」と呼ばれるようになる。

オーディンは館にもどると、ロキの娘に、前に出よと命じた。

そして、その娘をまじまじとみた。娘の顔の右半分は美しかった。色白で、頬はほんのりピンク色をおび、瞳はロキと同じ緑色。ふっくらした唇は、つややかに赤い。ところが、左半分の肌はしみとしわだらけで、むくんでいて、死斑《しはん》が浮き出ている。視力を失った目は腐って白い膜がかかり、ひからびた唇の間からのぞいている歯は、髑髏《どくろ》のような茶色をしている。

「娘よ、おまえは何と呼ばれている？」万物の父、オーディンはたずねた。

「ヘルと呼ばれています、万物のお父様」少女は答えた。

「礼儀をわきまえているな。その点は認めよう」

ヘルは何もいわず、ただオーディンをみつめた。片方だけの緑色の瞳は氷のかけらのように鋭い。白く濁ったほうの瞳はうつろで役に立たず、生気がない。この娘は恐れを知らないようだと、オーディンは思った。

「おまえは生きているのか？　それとも屍なのか？」オーディンはヘルにたずねた。

「わたしはわたしで、アングルボザとロキの娘です。そして、わたしは死者がいちばん好きです。死者は正直で、敬意をもって接してくれます。しかし生者は、わたしをみるとあからさまに嫌な顔をします」

オーディンはその娘をじっとみていたが、やがて夢を思い出していった。「この子を、最も深い暗黒の場所の支配者としよう。九つの世界、すべての死者を支配させよう。この娘を、むなしく死んだあわれな者たち――病や老い、事故、出産などで死んだ者たちの女王とする。戦で死んだ戦士は必ずわれわれのところにきて、ヴァルハラでもてなされる。しかし、それ以外の死に方をした者は、ヘルのもとに送られ、闇の世界でヘルに仕えるのだ」

ヘルは、母親から引き離されて以来初めて、唇の半分をほころばせてほほえんだ。

オーディンはヘルを光のない世界へ連れていき、とても大きな広間に案内した。ヘルはそこで、自分の支配する民を受け入れるのだ。ヘルはオーディンに見守られながら、自分の持ち物に名前をつけた。「この鉢は『空腹』と呼びましょう」といい、次にナイフを手に取って、「これは『飢え』、そして、寝床は『病の床』と呼ぶことにしますと」といった。

こうして、ロキとアングルボザの三人の子のうち、ふたりは行き場が決まった。ひとりは海に、ひとりは地下の闇の世界に送りこまれた。しかし、最後のひとりはどうしたものか?

その子は、巨人の国から連れてこられたときには子犬ほどの大きさで、テュールが首や頭をかいて遊んでやっていた。もちろん、ヤナギの枝の口輪は、アースガルズに着いてすぐに外してやった。この子はオオカミで、体は灰色と黒の毛に覆われ、両目は濃い琥珀《こはく》色をしていた。

この子は肉を生のまま食べたが、人間と同じように話した。人間の言葉も神の言葉も話すことができて、堂々としていた。この小さな獣の名前は、フェンリルといった。

フェンリルも、あっという間に大きくなった。ある日、おとなのオオカミの大きさになったと思ったら、次の日にはホラアナグマほどに、その次の日には特大のヘラジカほどに大きくなった。

神々は怖気《おぞけ》を振るったが、テュールだけは平気で、相変わらずフェンリルと遊び、一緒にとびまわっていた。フェンリルに毎日えさの肉を与えられるのは、テュールだけだった。そして、フェンリルは日ごと、前の日よりもたくさん食べ、前の日よりも大きくなり、ますます強く、獰猛《どうもう》になっていった。

オーディンは、オオカミの子、フェンリルが成長するのをみながら、不吉な予感を抱いていた。というのも、夢のなかで、すべての終わりにこのオオカミが出てきたからだ。未来のことを夢にみると、最後に目にするのは決まって、フェンリルの琥珀色の目と、とがった白い歯だった。

神々は話しあって、フェンリルを縛ることに決めた。

そして、自分たちの鍛冶場で重い鎖と足かせをつくると、それを持ってフェンリルのところへいった。

「さあ！」神々は、新しい遊びにでも誘うようにフェンリルに声をかけた。「ずいぶん急に大きくなったな、フェンリル。そろそろ、おまえの力を試してみないか。ここに、とびきり重い鎖と足かせがある。この鎖をちぎれるかな？」

「簡単さ。つけてみて」フェンリルはいった。

神々はフェンリルに太い鎖を巻きつけ、前足にも後ろ足にもかせをつけた。そのあいだ、フェンリルはじっとしていた。神々は互いにほほえみかわしながら、巨大なオオカミを鎖で縛った。

「さあ、どうだ」トールが大声でいった。

フェンリルが脚に力をこめて踏んばると、鎖はたちまちちぎれた。まるで、乾いた小枝が折れるようだった。

巨大なオオカミは月に向かってほえ、勝利と喜びの雄たけびをあげた。そしていった。「ぼく、神様たちの鎖をちぎったよ。忘れないでね」

「忘れないとも」神々はいった。

その次の日、テュールが肉を持っていくと、フェンリルはいった。「ぼく、足かせを壊したよ。簡単に壊したよ」

「そうだな」とテュール。

「また試されると思う？　ぼくは日ごとに大きく、強くなってる」

「また試されるだろうな。この右手を賭けてもいい」テュールはいった。

フェンリルはまだ大きくなりつづけていたので、神々は鍛冶場にいって新しい鎖をつくった。ひとりでは持ち上げられないほど重い輪をつないだ鎖だ。それは、神々がみつけられるかぎり、最も頑丈な金属でできていた。地中から掘り出した鉄を、空から降ってきた鉄と溶かしあわせたものだ。神々は、そうしてつくった鎖をドローミと名づけた。

そして、フェンリルが眠っているところまで、ドローミをひきずっていった。

フェンリルは目をあけると、いった。

「また、鎖？」

神々はいった。「この鎖をちぎることができたら、おまえの強さと名声はあらゆる世界に知れわたり、おまえは栄光につつまれるだろう。これほど頑丈な鎖さえ通用しないなら、おまえの強さはどんな神にも巨人に勝るということだからな」

フェンリルはうなずいて、ドローミと呼ばれる鎖をみた。どんな鎖よりも大きくて、強力な鎖だ。少しして、フェンリルはいった。「危険をおかさないで栄光を手にするなんて、できっこない。きっと、この鎖だってちぎれる。さあ、縛ってみて」

神々はフェンリルを縛った。

巨大なオオカミは脚を思いきり踏んばったが、鎖はびくともしなかった。神々は目くばせしあった。早くも勝利を予感していた。しかし、フェンリルも必死だ。体をひねったり、よじったり、足を蹴り上げたりして、あらゆる筋肉、あらゆる腱に力をこめた。目が光り、歯がきらめき、口から泡が噴き出した。

フェンリルはうなり声をあげて身をよじった。あらんかぎりの力で、もがいた。

神々は思わずあとずさったが、それは正しかった。鉄の輪が割れ、鎖がすごい勢いではじけたからだ。破片が空中に飛び散った。その後何年も、神々は、粉々になった

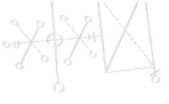

鎖の破片が、大木の幹や山腹に刺さっているのを目にすることになる。

「やった！」フェンリルが叫んで、勝利の雄たけびをあげた。その声はオオカミのようでもあり、人間のようでもあった。

ところが、神々はさきほどからの奮闘をみていたにもかかわらず、この勝利を喜んでいないのを、フェンリルは感じ取った。テュールでさえ、喜んではいなかった。ロキの子のフェンリルは、それがどういうことかよく考え、ほかのこともよく考えた。

そして、その後も日ごとに大きくなり、腹をすかせていった。

一方、オーディンも、フェンリルをどうしたらいいか、考えに考えた。ミーミルの泉で得た知恵や、世界樹につるされて自分を生贄として自分にささげたときに身につけた知恵を活かして、考えた。そしてついに、フレイの従者である光の妖精、スキールニルをそばに呼ぶと、グレイプニルという鎖についてくわしく説明した。スキールニルは馬に乗って虹の橋を渡り、スヴァルトアールヴヘイムに向かった。そこに住む小人たちに、かつてないほど頑丈な鎖のつくりかたを伝えて、実際につくってもらうためだ。

小人たちはスキールニルの頼みをきくと、恐ろしさに震えながらも、見返りにほしいものをいった。スキールニルはオーディンに指示されていたとおり、その条件をのんだが、それは大変な見返りだった。小人たちはさっそく、グレイプニルをつくるのに必要なものを集めた。

小人たちが集めたのは、次の六つだった。


第一に、猫の足音。

第二に、女のひげ。

第三に、山の根っこ。

第四に、熊の精気。

第五に、魚の息。

第六、そして最後に、小鳥の唾。


これらひとつひとつが、グレイプニルをつくるために使われた（どれもみたことがないって？　もちろん、そうだろう。小人たちが使ってしまったのだから）。

小人たちは、頼まれたものをつくり終えると、それを木箱に入れてスキールニルに渡した。箱のなかには、シルクの長いリボンのようなものが入っていた。ふれてみると、なめらかでやわらかかった。ほぼ透明で、空気のように軽かった。

スキールニルはその木箱をたずさえて馬にまたがり、アースガルズにもどった。帰り着いたのは、夕方、日が沈んだあとだった。スキールニルが小人たちの工房から持ち帰ったものをみせると、神々は目をみはった。

それから、みんなで〈黒い湖〉のほとりへいって、フェンリルの名を呼んだ。フェンリルは、犬が飼い主に呼ばれたときのように飛んできた。神々はその姿をみて驚いた。なんと大きく、力強く成長したのだろう。

「みんなそろって、どうしたの？」オオカミのフェンリルがきいた。

「じつは、世界一頑丈なひもを手に入れたのだ。さすがのおまえも、これをちぎることはできないだろう」神々はいった。

すると、フェンリルは胸を張っていった。「どんなものだってちぎれるさ」

オーディンは手を広げて、握っていたグレイプニルをみせた。月明かりを受けて、それはかすかにきらめいた。

「それ？」とフェンリル。「そんなの、わけないよ」

神々はグレイプニルの両端を力いっぱいひっぱって、どんなに頑丈か示した。

「ほら、ちぎれないだろう？」

フェンリルは、神々が持っているシルクのひもを横目でみた。それは、カタツムリが通ったあとのように、海の波を照らす月明かりのように、ちらちらと光っていた。

フェンリルはつまらなそうにそっぽを向いた。

「そんなの、だめだ。本物の鎖と足かせを持ってきてよ。重くて、すごくでかいやつを。そしたら、ぼくの力をみせてあげる」

すると、オーディンがいった。「これはグレイプニルといってな、どんな鎖や足かせよりも頑丈なのだ。ひょっとして、これを試すのが怖いのか？　フェンリル」

「怖い？　全然。だけど、そんなリボンをちぎったってしょうがないよ。それでぼくがほめたたえられて有名になると思う？　みんなが集まって、こういうと思う？『オオカミのフェンリルがどんなに強くて力持ちか知ってるかい？　それはもうすごい力で、なんとシルクのリボンをちぎったってさ！』。そんなグレイプニルなんてものをちぎっても、ちっとも名誉になんかならないよ」

「いや、おまえは怖いのだな」とオーディン。

巨大なオオカミは鼻をくんくん鳴らし、「裏切りと策略のにおいがする」といった。琥珀色の目が月明かりにきらりと光る。「だから、あなたが持ってるグレイプニルはただのリボンかもしれないけど、それで縛られるのはいやだ」

「ほんとうか？　あの最強の、最大の鎖をちぎったおまえが、こんなひもを怖がるのか？」とトール。

「ぼくは何も怖がってなんかいない」フェンリルは怒っていった。「あなたたち、小さな生き物のほうこそ、ぼくを怖がってるくせに」

オーディンは、ひげに覆われたあごをかいた。「おまえはばかではないな、フェンリル。われわれは裏切るつもりなどないが、おまえが気が進まないというのもわかる。よほど勇敢な戦士でないかぎり、ちぎれそうにないひもで縛られたくはないだろう。ならば、このわたしが、神々の父として約束しよう。もしおまえがこのようなひもを——おまえのいう、ただのシルクのリボンを——ちぎれなかったら、われわれ神々には、おまえを恐れる理由などなくなる。そのときは、もうおまえを縛ったりせず、自由にしてやろうではないか」

フェンリルは長々とうなった。「嘘だ。万物の父よ、あなたは、息をするようにあたりまえに嘘をつく。ぼくにちぎれそうにないものでぼくを縛るからには、絶対に、その縛めを解いて自由にしたりしないはずだ。きっと、縛ったまま、ここに置き去りにする。ぼくを見捨てて裏切るんだ。だから、そのリボンで縛られるのはいやだ」

「立派なことをいう。じつに勇ましい」とオーディン。「だが、ほんとうは臆病者だとわかるのがいやで、ごまかしているのではないか、オオカミのフェンリル。おまえは、シルクのリボンで縛られるのが怖いのだ。もう言い訳はたくさんだ」

オオカミは舌をだらりとたらしたと思うと、鋭い歯をむきだして笑った。一本一本の歯が、人の腕ほどに太くて長い。「ぼくの勇気を疑うより、そっちに裏切るつもりがないことを証明してほしい。ぼくを縛ってもいいけど、ひとつ条件がある。だれかひとりが、ぼくの口に手を入れるんだ。ぼくは軽く口をとじて、その手に歯をあてておくけど、噛みつきはしない。自分でそのリボンをちぎるか、ちぎれなくてあなたたちに解いてもらうかして、もう裏切られる心配はないとわかったら、口をあける。手を傷つけはしない。どうだ。ぼくは誓う。この口にだれかが手を入れるなら、そのリボンで縛られてやる。さあ、だれが手を入れる？」

神々は顔を見合わせた。バルドルはトールを、ヘイムッダルはオーディンを、ヘーニルはフレイをみたが、だれも動かなかった。すると、オーディンの息子のテュールが、ため息をついて進み出て、右手をあげた。

「おれがおまえの口に手を入れるよ、フェンリル」

フェンリルが横向きに寝そべると、その口にテュールが右手を入れた。フェンリルがまだ小さかった頃、ふたりはよくそんなふうにして遊んでいた。フェンリルは口をそっととじて、テュールの手首を傷つけないようにくわえて、両目をつむった。

神々はグレイプニルでフェンリルを縛った。カタツムリの這ったあとのようにちらちら光る帯が、巨大なオオカミの体にからまり、その四本の足を縛って動けなくした。

「これでよし」オーディンがいった。「さあ、オオカミのフェンリルよ、ちぎってみるがいい。おまえの力をみせてくれ」

フェンリルは脚を踏んばってもがいた。気力をこめて体じゅうの筋肉を縮めたりのばしたりし、縛めのリボンを引きちぎろうとした。だが、もがけばもがくほどちぎるのは難しくなり、力めば力むほど、ちらちら光るリボンは強さを増すかのようだった。

神々はそれをみて忍び笑いをもらしていたが、次第ににんまりした。やがて、オオカミがグレイプニルがちぎれないこと、もう自分たちに危険が及ばないことを確信すると、声をあげて笑った。

　テュールだけが何もいわず、笑いもしなかった。テュールはフェンリルの鋭い歯先を手首に感じ、湿った温かい舌を掌《てのひら》と指に感じていた。

　フェンリルはもがくのをやめた。横たわって、じっと動かずにいた。神々が縛めを解く気があるのなら、いま、そうするはずだ。

　しかし、神々はますます大きな声で笑うばかりだった。なかでもトールは大笑いしていて、その声は雷鳴よりも大きくとどろいた。オーディンの乾いた笑い声と、バルドルの鐘を鳴らすような笑い声も混ざって……。

　フェンリルがテュールをみた。テュールはその視線を勇敢に受け止め、両目をとじてうなずくと、「やれ」と小声でいった。

　フェンリルはテュールの手首を嚙みちぎった。

　テュールは声ひとつあげなかった。右手首を左手をできるだけ強くおさえて、噴き出す血の勢いをやわらげた。

　フェンリルがみていると、神々はグレイプニルの片方の端を小山ほどの大きな岩の穴に通してから、土のなかに深く押しこんだ。それから岩をもうひとつ持ってくると、それで最初の岩をたたいて地中に埋めた。どんなに深い海よりも深く埋めた。「裏切り者のオーディン！」フェンリルは叫んだ。「もしあなたが嘘をつかなかったら、ぼくは神々の味方でいるつもりだった。だけど、あなたは恐怖に負けた。神々の父よ、ぼくはあなたを殺す。すべてが終わるまで待って、太陽を食い、月を食う。でも、何より楽しみなのは、あなたを殺すことだ」

神々は用心して、フェンリルに噛まれるほどには近づかないようにしていたが、フェンリルは身をよじっては、岩を埋めている神々に噛みつこうとした。いちばん近くにいた神が、冷静に、フェンリルの上あごに剣を突き立てた。すると、柄が下あごにはまり、フェンリルは口をあけたまま、永遠にとじられなくなった。

フェンリルは何か叫んだが言葉にならず、よだれが口から滝のように流れ落ちて、川になった。フェンリルがオオカミだと知らなければ、その光景をみた者は、小さな山の洞窟から川が流れ出ていると思ったかもしれない。

神々は、よだれの川が〈黒い湖〉に注ぎこんでいるその場所を立ち去り、しばらく黙って歩いていたが、十分に遠ざかると、また笑い声をあげて、互いに背中をたたきあい、にこにこ笑いあった。それは、ほんとうに賢いことをやりとげたと思いこんでいる者たちの笑顔だった。

テュールはにこりともせず、笑いもしなかった。右手首の先を布できつく縛り、ほかの神々とともに歩いてアースガルズにもどって、自分の考えは胸にしまっておいた。

以上が、ロキの子どもたちの話だ。

フレイヤのとんでもない結婚式

雷神のトールは、アース神族のだれよりも力持ちで、だれよりも強く、勇ましく、立派な戦士だ。ある朝、トールは、まだ目が覚めきらないうちから、何かおかしいぞと感じていた。そこで、まずは槌に手をのばした。大事な槌は、眠っているあいだも必ず手の届くところに置いてある。トールは目をとじたまま、手で周囲をさぐって、持ち慣れた槌の柄をつかもうとした。

ところが、なかった。

トールは目をあけた。体を起こし、立ち上がって、部屋じゅうを歩きまわってさがした。

しかし、どこにもなかった。トールの槌はミョルニルと呼ばれている。それは、小人の兄弟、ブロックとエイトリがトールのためにつくったもので、神々の宝物のひとつでもあった。トールがこの槌でたたけば、何でも壊せた。何かに向かって投げれば必ず命中し、飛んでトールの手元に帰ってきた。それに、小さくしてシャツの下にかくしたり、また大きくしたりもできた。ほんとうにいうことのない槌だったが、ひとつだけ欠点があった。柄が少し短いのだ。そのため、トールはこの槌を、両手ではなく片手で振り回さなければならなかった。

ミョルニルのおかげで、アースガルズの神々は、自分たちと世界をおびやかす、どんな危険からも守られていた。霜の巨人も、山の巨人も、トロールも、あらゆる怪物も、みんなトールの槌を恐れていた。

神々はトールの槌が大好きだった。ところが、それがなくなってしまったのだ。

何かまずいことが起こると、トールが必ずすることがいくつかある。まず、これはロキのしわざだろうか？　と自分に問うのだ。このときもそうした。しかし、いくらロキでも、まさかトールの槌を盗むとは思えなかった。そこでトールは、何かまずいことが起こったとき、二番目にすることをした。ロキに助言を求めにいったのだ。

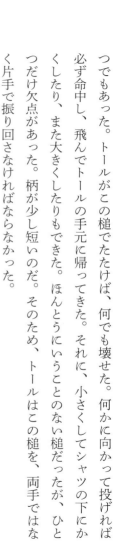

ロキは悪知恵が働く。きっと、どうすればいいか教えてくれるだろう。

トールはロキに打ち明けた。「だれにもいわないでほしいんだが、神々の槌が盗まれた」

「それはまずいな」ロキは顔をしかめた。「何ができるか、ちょっと考えさせてくれ」

ロキはフレイヤの館にいった。フレイヤはあらゆる神々のなかで最も美しい。流れるような金色の髪が肩にかかって、朝の光にきらめいている。部屋のなかでは、フレイヤの飼っている二匹の猫がしきりに歩きまわっていた。ご主人の乗る車をひいて出かけたいのだろう。フレイヤの首のまわりで髪と同じ金色に輝いているのは、ブリーシンガルの首飾り。小人たちが、はるかな国の地下でフレイヤのためにつくったものだ。

ロキはフレイヤにいった。「きみの羽根つきのマントを貸してくれないか。ほら、空を飛べるマントだよ」

「絶対にいや。あのマントは、わたしの持ち物のなかでいちばん値打ちがあるのよ。金《きん》よりも値打ちがあるの。そんな大事なマントをあなたに貸せると思う？　どうせ、あれを着てあちこち飛びまわって、いたずらをするつもりでしょう」

「トールの槌が盗まれたから、さがしにいくんだ」

「そういうことなら、貸してあげる」とフレイヤ。

ロキは、その羽根つきマントをはおり、ハヤブサに変身して飛び立った。アースガルズをあとにして、巨人の国の奥深くまで入りこみ、何か変わったことはないかと目をこらした。

すると、真下に盛り土の大きな墓がみえた。その墓の上に座って、犬の首輪を編んでいる者がいる。みたこともないほど大きくて醜い巨人だ。巨人は、ハヤブサの姿をしたロキをみると、とがった歯をむきだして笑い、手を振っていった。

「ロキ、アース神族はどうしている？　それに、小人たちは元気か？　なんでまた、ひとりきりで巨人の国へやってきた？」

ロキは巨人の横に降り立った。「アースガルズからは悪い知らせしかない。小人の国からも、悪い知らせしかない」

「ほんとか？」巨人はにんまりした。自分がしたことにすごく満足していて、自分はなんて利口なんだろうと思っているようだ。ロキは、そういう笑いを見分けることができた。自分もときどき、そんな笑いを浮かべるからだ。

ロキはいった。「トールの槌がなくなった。そのことで何か知らないか？」

巨人はわきの下をかいて、もう一度にんまりすると、「知っているかもな」といった。それから、こんなことをきいてきた。「フレイヤは元気か？　うわさどおり美しいか？」

「そうだな、あの手の美女が好きなら」とロキ。

「そりゃ、好きさ。好きに決まってる」と巨人。

ふたたび、気まずい沈黙が流れた。巨人は編み終えた首輪を首輪の山の上に置いて、次の首輪を編み始めた。

「トールの槌は、わしが持ってる」巨人はいった。「地面の下のすごく深いところに隠してあるから、だれもみつけられない。オーディンでも無理だ。わしだけが掘り出してこられる。わしのほしいものを持ってくれば、トールに槌を返してもいいぞ」

「何でも持ってきてやる。金でも琥珀でも、数えきれないほどの宝物でも――」

「そんなものはいらん」と巨人。「フレイヤを妻にほしい。いまから八日以内にフレイヤをここに連れてきてくれたら、あの神々の槌を、花嫁への贈り物として婚礼の夜に返そう」

「おまえは何者だ？」ロキはたずねた。

巨人はにやっと笑って、曲がった歯をむきだした。「ラウヴェィの息子のロキよ、わしはスリュム、霜の巨人の王だ」

「きっと話がつくと思うよ、偉大なるスリュム王」ロキはフレイヤの羽根つきマントをはおると、両腕を広げて空に飛び立った。

空から見下ろすと、世界はとても小さくみえた。木々も山々も、子どものおもちゃのように小さい。すると、神々の抱える問題も小さなことに思えてきた。

神々の神殿の中庭では、トールが待ちかまえていて、ロキが着地しないうちに大きな両手で捕まえた。「どうだった？　何かわかったんだろう。おまえの顔をみれば、わかる。全部教えてくれ、いますぐ。おれはおまえを信用していないからな、ロキ、おまえが知っていることを、いまこの瞬間に知りたいんだ。おまえが悪だくみを思いつかないうちに」

ロキにとって、悪だくみを思いつくのは、みんなが息を吸ったり吐いたりするのと同じくらい容易なことだった。だからトールをみて、何て単純なやつだ、すっかり頭に血がのぼってるなと思い、頬がゆるんだ。ロキはいった。「おまえの槌を盗んだのは、スリュムという霜の巨人の王だ。槌をおまえに返すよう説得したが、見返りを要求された」

「それはそうだろう。で、何を要求された？」

「フレイヤの手だ」

「それだけか？」トールは少しほっとしたようにいった。フレイヤには手がふたつある。よくいってきかせれば、意外とすんなり、片方の手を差し出すかもしれない。テュールだって、フェンリルを縛るために右手を犠牲にしたじゃないか。

「いや、手というのは結婚の誓いのことだ。スリュムは、フレイヤを妻にほしいといっているんだよ」

「ああ、そうか」とトール。「そうなると、フレイヤは簡単には承知しないだろうな。おまえからフレイヤに話してくれ。おまえのほうが、相手をその気にさせるのがうまい。おれは、あの槌を持っていないときはいっこうにだめだ」

ふたりは連れだって、フレイヤの館を訪れた。

「羽根つきのマントを返すよ」ロキがいった。

「ありがとう」とフレイヤ。「トールの槌を盗んだ犯人は、わかったの？」

「ああ。スリュムという、霜の巨人の王だった」

「きいたことがあるわ。いやなやつみたいね。それで、見返りに何を要求しているの？」

「きみさ。きみと結婚したがっている」

フレイヤはうなずいた。

トールは喜んだ。フレイヤは、ずいぶんあっさりと承知してくれたようだ。そこで、いった。「フレイヤ、ウェディング用のティアラをつけて、荷物をまとめてくれ。そして、ロキと一緒に巨人の国へいって、スリュムの気が変わらないうちに結婚してくれ。槌を取りもどしたいんだ」

フレイヤは何もいわなかった。

地面が揺れているのに、トールは気づいた。壁も揺れている。フレイヤの二匹の猫は、ニャアニャア鳴いたりシューッとうなったりして、毛皮張りのタンスの下に逃げこんだきり、出てこようとしなかった。

フレイヤは左右の手をきつく拳に固めていた。ブリーシンガルの首飾りが外れて床に落ちたが、気づきもせず、トールとロキをじっとにらんでいる。見下げはてた、ものすごく気味の悪い害獣でもみるように。

しばらくすると、揺れがおさまり、フレイヤが口をひらいたので、トールはほっとしかけた。しかし、フレイヤの口調は怖いほど静かだった。

「ふたりとも、わたしを何だと思ってるの？　それほどばかだと？　わたしなど、どうなってもかまわないと？　あなたを助けるためだけに、ほんとうに巨人と結婚すると思う？　わたしが巨人の国へいくと思っているなら、ウェディング用のティアラとベールをつけて、おとなしく、その巨人にさわられるまま……そいつの欲望の餌食《えじき》になって……そいつと結婚すると思っているなら……それなら……」フレイヤは言葉を切った。ふたたび壁が揺れて、トールは館ごと崩れ落ちてくるんじゃないかと恐ろしくなった。

「出ていって」とフレイヤ。「わたしを何だと思ってるの？」

「しかし、おれの槌はどうなる」

「黙れ、トール」とロキ。

トールは黙った。そして、ロキとともにその場を去った。

少しして、トールがいった。「フレイヤは怒るとますますきれいになるな。巨人が結婚したがるのも無理はない」

「黙れ、トール」ロキがまたいった。

トールとロキは、すべての神々を神殿の広間に集めた。男の神も女の神も、みんなやってきた。しかしフレイヤだけは、館から出たくないといって欠席した。

神々は一日じゅう話しあい、ああでもないこうでもないと議論した。ミョルニルを取りもどさなくてはならない。それははっきりしているが、では、どうやって取りもどす？　神々はそれぞれ意見をいったが、どの意見もロキに却下された。

とうとう、発言していない神はひとりだけになった。ヘイムッダルだ。遠目のきくヘイムッダルは、アースガルズの番人だ。アースガルズで起こることで、ヘイムッダルが知らないことはない。ときには、これから起こることを見通すことさえある。

「どうだ？」ロキがいった。「おまえはどう思う？　ヘイムッダル。何かいい案はないか？」

「案ならあるが」とヘイムッダル。「あなたがたは気に入らないだろう」

すると、トールは拳でテーブルをたたいた。「われわれが気に入るかどうかは問題じゃない。われわれは神だ！　ここに集まった神々はみな、ミョルニルを取りもどすためなら何だってするはずだ。さあ、おまえの案を話せ。それがいい案なら、みんなきっと気に入る」

「いや、気に入らないだろう」とヘイムッダル。

「気に入る！」とトール。

「ならいうが、トールが花嫁に変装すればいい。首にブリーシンガルの首飾りを、頭にウェディング用のティアラをつける。ドレスに詰めものをして、女にみえるようにする。顔はベールで隠す。女たちがそうするように、ジャラジャラ音のする鍵束をつけて、宝石で飾りたて――」

「冗談じゃない！」トールがいった。「そんなことをしたら……その、おれがいつも女の格好をしてるみたいに思われる。冗談じゃない。断る。絶対に花嫁のベールなどかぶらないぞ。みんなもそう思うだろう？　まったくひどい案だ。だいたい、ひげはどうする。剃り落とすわけにはいくまい」

「黙れ、トール」ラウヴェイの息子のロキがいった。「ひどいどころか、すばらしい案じゃないか。巨人たちにアースガルズを侵略されたくなかったら、花嫁のベールをつけろ。そうすれば顔も隠せる。ひげだって隠せる」

最高神のオーディンもいった。「たしかにすばらしい案だ。よくいった、ヘイムッダル。われわれは槌を取りもどさなければならない。それには、この案がいちばんの方法だ。女神たちよ、トールの身なりを、婚礼にふさわしく整えてくれ」

すると、女神たちがトールのもとへ、身につけるものをいろいろ持ってきた。フリッグ、フッラ、シヴ、イズンらに、フレイヤの継母のスカジまでがやってきて、トールのしたくを手伝った。まずは、いちばん上等な服を着せた。身分の高い女神が婚礼のときに着るような服だ。フリッグは、フレイヤのところへいってブリーシンガルの首飾りを借りてくると、それをトールの首にかけた。

トールの妻のシヴは、自分の鍵束をトールの腰に下げてやった。

イズンが自分のアクセサリーを全部持ってきて、トールの全身を飾りたてたので、ろうそくの火明かりをあびてトールはきらきら輝いた。イズンはまた、レッドゴールドやホワイトゴールドの指輪をトールの指に百個もはめた。

それから女神たちは、トールの顔をベールで覆って、目だけがみえるようにした。そして、婚礼の女神ヴァールが、輝くティアラをトールの頭にのせた。それは花嫁のためのティアラで、高さがあり、幅も広くて美しかった。

「目はどうしたものかしら」ヴァールはいった。「あまり女らしくみえないわ」

「そう願う」トールがぶつぶついった。

ヴァールはトールをみて、いった。「ティアラを下げれば目が隠れるけれど、目がまるでみえなくなっても困るわね」

するとロキがいった。「できるだけうまくやってくれ。ところでトール、おれはおまえの侍女に変身して、一緒に巨人の国へいくよ」そしてたちまち姿を変えた。声といい、見た目といい、若くて美しい侍女そのものになった。「ほら。どうだ？」

トールが小声で何かいったが、だれにもきこえなくてちょうどよかったかもしれない。

トールはロキを連れて、自分の戦車に乗りこんだ。戦車をひっぱる二匹の山羊、〈うなるもの〉と〈くだくもの〉は、待ってましたとばかり空に駆けのぼった。この戦車が通り過ぎると、山はふたつに割れ、大地は炎に包まれた。

「何だかいやな予感がする」トールがいった。

「しゃべるな」侍女に変身したロキがいった。「いいか？　むこうに着いてからも、話すのはおれにまかせろ。おまえがしゃべると、何もかも台無しになるからな」

トールはうなった。

やがてふたりは、霜の巨人の王スリュムの城の中庭に到着し、戦車を降りた。そこには、まっ黒でものすごく大きい雄牛が何頭か、じっと立っていた。どの牛も家より大きくて、角の先には金のキャップがかぶせてある。中庭には、牛糞のきついにおいがたちこめていた。

次の瞬間、大声が、そびえ立つ巨大な城のなかからきこえてきた。「さっさと働け、ばかども！　きれいな藁《わら》をベンチに敷きつめろ！　こら、何をしてる？　いいから、そいつを拾うか、藁で覆うかしろ。ほったらかして腐らせるなよ。いいか、フレイヤを妻に迎えるんだからな。だれよりも美しい、ニョルズの娘のフレイヤだぞ。彼女にそんなものをみせられると思うか」

中庭には、新しい藁を敷いた小道ができていた。フレイヤに変装したトールと侍女に変身したロキは、その小道を歩きだした。スカートのすそを持ち上げて、牛糞にふれないように気をつけた。

城の入口で巨人の女が待っていて、自分はスリュムの妹だといった。そして、ロキのかわいらしい頬を指でつまみ、トールの腕を鋭い爪で突いていった。「この人が世界でいちばんの美女？　あまり、そうはみえないわねえ。スカートのすそを上げたとき、足首がちらっとみえたけど、ちょっとした木の幹ぐらいあったわ」

「光のいたずらでしょう。この方は、すべての神々のなかで最もお美しいフレイヤ様です」侍女になりすましたロキが、すらすらといった。「フレイヤ様がベールをお取りになったら、きっと、あまりの美しさに圧倒されることでしょう。ところで、花婿はどちらにいらっしゃいますの？　婚礼の宴はどちらでひらかれますの？　フレイヤ様は、それはもうこの日が楽しみで、あまりおはしゃぎになるので、なだめるのに苦労いたしました」

日が沈む頃に、ふたりの客は、婚礼の宴がひらかれる大広間に案内された。

「スリュムに、隣に座れといわれたらどうする？」トールが声をひそめてロキにきいた。

「それは座るしかないな。花嫁の席は花婿の隣と決まっている」

「しかし、腿をさわられたりしたらどうする」トールがあせっていう。

「おれがあいだに座ろう。こうするのがわれわれの習慣だと説明すればいい」とロキ。

こうして、スリュムがテーブルのいちばん上席につくと、そのとなりにロキが座り、その隣のベンチにトールが座った。

スリュムが手をたたくと、巨人の男の使用人たちが雄牛の丸焼きを五頭分、運んできた。これだけあれば、巨人の客たちも満足するだろう。加えて、サーモンの丸焼きが二十四分、運ばれてきた。どのサーモンも、人間の十歳の男の子くらいの大きさがある。それから、ペーストリーや菓子が何十皿も運ばれてきた。女の客用だろう。

つづいて、さらに五人の使用人が、それぞれミードの樽を持って入ってきた。樽はすごく大きくて、さすがの巨人もその重さに難儀しているようだった。

スリュムが、「この宴を美しいフレイヤに捧げる！」といった。もっと何かいおうとしたようだが、トールはすでに食べたり飲んだりしていた。花嫁が食べているときに話をするのは無礼だ。

女の客のために用意されたペーストリーの大皿が、ロキとトールの前に置かれた。ロキはつつしみ深く、いちばん小さいペーストリーを取った。しかしトールは、残りのペーストリーを全部かっさらった。そしてあっという間に、ベールの陰でむしゃむしゃ平らげてしまった。ほかの女たちは、皿の上のペーストリーをもの欲しそうにながめていたが、がっかりした様子で、「美しいフレイヤ」をまじまじとみた。

ところが、「美しいフレイヤ」の食事は、まだ始まったばかりだった。

トールは、雄牛を一頭まるごと、ひとりで平らげたかと思うと、サーモンもまるごと七匹食べてしまった。あとに残ったのは骨ばかりだった。その後も、ペーストリーの皿が運ばれてくるたび、のっている菓子やペーストリーをひとりで全部平らげたので、ほかの女たちはみな腹をすかせたままだった。ロキは何度か、テーブルの下でトールの足を蹴って注意したが、トールはことごとく無視して、ひたすら食べ続けた。

スリュムがロキの肩をたたいていった。「おい、美しいフレイヤは、三樽目のミードを飲み干したぞ」

「そうですね」侍女に変身したロキは答えた。

「たまげたな。これほど大食いの女は初めてだ。ミードをこんなに大量に飲む女も初めてみたぞ」

「これには深い理由《わけ》があるのです」ロキはため息をついて、トールがまた一匹、サーモンを平らげて、ベールの下から骨を出すのをみた。まるで手品のようだ。いったいどんな「深い理由」をいえばいいだろう？

「あれで八匹目だぞ」とスリュム。

「八日と八夜です！」ロキはいきなりいった。「八日と八夜、フレイヤ様はいっさい何も召し上がりませんでした。なぜなら、巨人の国にきて、新郎と愛しあうのを待ちきれなかったからです。でも、こうしてあなたに会えたので、ようやくまた召し上がる気になったのです」そしてトールのほうを向くと、「また召し上がれるようになって、ほっといたしました！」といった。

トールは、ベールの陰からロキをにらんだ。

「彼女にキスをするぞ」スリュムがいった。

「それはおすすめしません。まだ早うございます」ロキはいったが、スリュムはもう身をのりだして、舌をチュッと鳴らしながら、でかい手をトールのベールにのばした。侍女に扮《ふん》したロキが手をのばして止めようとしたが、間にあわなかった。スリュムはキスの音をたてるのをやめて、ぱっと飛びのいていた。動揺している。

スリュムは、侍女に扮したロキの肩をたたくと、「ちょっときてくれないか？」といった。

「かしこまりました」

ふたりは立ち上がり、広間の奥のほうに歩いていった。

スリュムがたずねた。「フレイヤの目はなぜあんなに……あんなに恐ろしいのだ？まるで瞳のなかで炎が燃えているようだった。あれは美しい女の目ではない！」

「それもそのはずです」侍女に扮したロキは、こともなげにいった。「無理もありません。フレイヤ様はあなたに恋こがれるあまり、お眠りにならず、あなたの愛を受けるのを待ちきれずにいらっしゃいました。あなたへの恋の炎を燃え上がらせておいでです！　あなたがフレイヤ様の目にご覧になったのは、それです。情熱の炎です」

「おお、そうか」スリュムは笑顔になり、舌なめずりした。その舌は人間の使う枕よりも大きかった。「では、もどるとしよう」

ふたりがテーブルにもどると、スリュムの妹がロキの席に座って、トールの手を指先で軽くたたきながらいっていた。「ご自分のためを思うなら、わたしに指輪をくださったほうがよくてよ。ほんとうに、どれもすてきな指輪ねえ。あなた、この城ではよそ者でしょ。味方をつくっておかないと、厄介なことになるわよ。お国は遠いことだし。指輪、そんなにたくさん持っているんだから、婚礼の記念に少しちょうだいな。ほんとにきれい。赤っぽい金色や――」

「あの、そろそろ、婚礼の儀式をする時間では？」ロキがたずねた。

「そうだった！」とスリュム。そして声を張り上げた。「あの槌を持ってこい。花嫁を清めてもらおう！　ミョルニルが、美しいフレイヤの膝に置かれるところをみたい。そして、男女の誓いをつかさどる女神ヴァールに、われわれの愛を祝福し、神聖なものとしてもらうのだ」

巨人が四人がかりで、トールの槌を運んできた。城の奥深くから持ってきたのだ。槌は火明かりを受けて鈍く光った。巨人たちはそれを、苦労してトールの膝の上に置いた。

「さあ」スリュムが花嫁にいった。「美しい声をきかせておくれ、愛しい人よ。わしを愛していると、わしの花嫁になるといっておくれ。永遠に愛すると誓っておくれ。女が男に、男が女に、大昔から誓ってきたように」

トールは、金の指輪をたくさんはめた手で自分の槌の柄を握った。手に力をこめると、自信がみなぎってきた。なつかしい、快い感触だ。トールは笑いだした。太い笑い声がとどろきわたった。

「では、いわせてもらおう。よくもおれの槌を盗んだな」トールは雷のような声でいった。

そして、スリュムを槌で殴った。たった一度だったが、一度で十分だった。霜の巨人の王、スリュムは藁に覆われた床に倒れ、二度と起き上がることはなかった。

つづいて、そこにいた巨人は全員、トールの槌に倒れた。婚礼の宴に集まった客たちは、二度と宴に出られなくなった。スリュムの妹も、婚礼の記念品をねだっていたが、トールの槌という、とんだ贈り物をもらうことになった。

大広間がすっかり静かになると、トールは「ロキ？」と呼んだ。すると、ロキがテーブルの下からはい出してきた。もう侍女ではなく、もとの姿にもどっていて、死体の山を見渡しながら、「どうやら、問題は解決したようだな」といった。

トールはスカートを脱ぎ捨てて、ほっと息をついた。シャツ一枚の姿で、巨人の死骸だらけの部屋に立っている。

「まあ、思っていたほど悪くなかったな」トールは明るくいった。「槌を取りもどしたし、食事もうまかった。さあ、帰ろう」

詩人のミード

詩はどこからやってくるんだろう、と考えたことはあるだろうか？　人々が歌う歌、語る物語はどこで生まれるんだろう、と。あるいは、こんな疑問を持ったことは？　すばらしい、いろんなことを教えてくれる、美しい夢をみて、それを詩にして世界に伝えられる人がいるのはなぜだろう？　そういう詩は、太陽がのぼってはしずみ、月が満ちては欠けているかぎり、みんなに歌われ、くりかえし語られる。しかし、美しい歌や詩や物語をつくりだせる人たちがいる一方で、そんなことはできない人たちもいる。それはどうしてだろう？

これから、そんな話をしたいと思う。長い話だし、だれかの名誉になるような話でもない。殺したり、だましたり、嘘をついたり、ばかなことをしたり、たぶらかしたり、追いかけたりと、いろんなことが出てくる。まあ、きいてほしい。

世界ができてまもない頃、アース神族はヴァン神族と戦っていた。アース神族は戦を好む神々で、たびたび戦をしては相手の領土を征服していた。一方、ヴァン神族はおだやかな兄弟姉妹の神々で、土地を肥えさせ、植物がよく育つようにしていた。しかし、だからといって、アース神族より弱いわけではなかった。

ヴァン神族とアース神族は、どちらも一歩もゆずらず、勝負がつかなかった。というより、戦っているうちに双方とも、互いが必要だと気づいてしまった。どんなに勇ましく戦っても、実り豊かな畑や農場がなければ、戦のあと、ごちそうを食べて勝利を祝うこともできない。

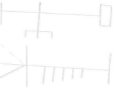

そこで、両神族は和平交渉を始め、合意に達すると、休戦のしるしに、どちらの神族もひとりひとり、大桶に唾を吐いた。そして、全員の唾が混ざったとき、だれも破ることのできない誓いが力を持った。

そのあと、両神族は宴を催した。みんなで料理を食べ、ミードを飲み、大いに盛り上がり、冗談を交わし、語りあい、自慢話をし、笑いあううちに、暖炉の火は小さくなり、地平線に太陽が顔を出した。アース神族もヴァン神族も立ち上がって、毛皮や布をまとい、冷たい雪の舞う朝もやのなかに踏み出そうとした。そのとき、オーディンがいった。「われわれの唾が混じりあっているこの桶を、このままにしておくのはもったいない」

フレイとフレイヤの兄妹はヴァン神族のリーダーだったが、休戦の条件にもとづいて、それ以後、アースガルズでアース神族とともに暮らすことになっていた。そのふたりも、うなずいた。フレイが、「これで何かつくれるはずだ」といった。

するとフレイヤが、「男の人をつくりましょう」といって、大桶に手を入れた。

フレイヤが指を動かすと、唾は次第に形をなし、まもなくひとりの男となって、裸の姿で神々の前に立った。

その男にオーディンがいった。「おまえはクヴァシルだな。わたしがだれか知っているか？」

「最高神のオーディン様です」クヴァシルはいった。「グリームニルとも、第三の者とも呼ばれていらっしゃる。ほかにも呼び名がありますが、多すぎて全部あげることはできません。しかし、わたしはあなたの呼び名をすべて知っていますし、呼び名に関する詩や歌や比喩も知っています」

クヴァシルは、いわばアース神族とヴァン神族が合体して生まれたので、神々のなかでいちばん賢かった。明晰《めいせき》な頭脳と、温かい心を併せ持っていた。神々は先を争うようにしてクヴァシルにいろんなことをたずねたが、クヴァシルの答えはいつも知恵にあふれていた。クヴァシルは洞察力が鋭く、目にしたことを正確に解釈した。

少しすると、クヴァシルは神々に向かっていった。「わたしはいまから旅に出ます。九つの世界をこの目でみてきます。とくに、ミズガルズをみてきたいと思います。答えなくてはならないものの、まだたずねられてもいない質問がたくさんあるのです」

「しかし、われわれのところにもどってくるのだろう？」神々はたずねた。

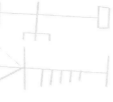

「もどってきます。網の謎がありますから。いつかは、あれを解き明かさなければなりません」

「何を解き明かすって？」トールが聞き返したが、クヴァシルはほほえんだだけだった。謎めいた言葉にとまどっている神々を残して、クヴァシルは旅行用のマントをはおると、アースガルズを出発し、虹の橋を渡っていってしまった。

クヴァシルは町から町へ、村から村へと旅をした。いろんな人に会い、親切に接し、その人たちの質問に答えた。どんな町や村も、クヴァシルが立ち寄ると必ず暮らし向きがよくなった。

その頃、「闇の妖精」とも呼ばれる小人がふたり、海のそばの砦で暮らしていた。ふたりはそこで魔術や錬金術を行っていた。そして、ほかの小人たちと同じように、自分たちの工房や鍛冶場で、すばらしい、珍しいものをいろいろつくっていた。しかし、まだつくったことのないものがあって、どうしてもそれをつくりたいと思っていた。ふたりは兄弟で、フィアラルとガラールという名前だった。

この小人の兄弟は、クヴァシルが近くの町にきているときいて、会いに出かけた。クヴァシルはある大きな館で、町の人たちの質問に答えているところだった。町の人たちはみな目を丸くして、クヴァシルの話をきいていた。クヴァシルは人々に、水からごみや汚れを取りのぞく方法や、イラクサから布をつくる方法を教えていた。ある女には、彼女の包丁をだれが盗んだか教え、その理由まで明らかにした。クヴァシルが話し終えて、町の人たちが出した食事を食べ終えたところに、フィアラルとガラールが近づいて、話しかけた。

「おききしたいことがあります。まだだれもきいたことのない質問です。しかし、ほかの人がいるところではきけません。一緒にきてもらえませんか?」

するとクヴァシルは、「わかりました。うかがいましょう」といった。

フィアラルとガラールは、自分たちの住む砦にクヴァシルを連れていった。カモメがかん高い声で鳴きたて、空には灰色の雲がどんよりたれこめていた。海の波と同じ色の雲だ。ふたりの小人は、砦の奥深くにある工房にクヴァシルを案内した。

「あれは何だね？」クヴァシルがたずねた。

「大桶です。ソーンとボズンという名前です」

「なるほど。では、むこうにあるのは？」

「あなたはとても賢いのに、知らないんですか？　あれは釜で、オーズレリルと呼んでいます。『恍惚《こうこつ》を与えるもの』という意味です」

「そしてこちらには、バケツに何杯分も蜂蜜があるね。蜂の巣の、ふたのない巣房から集めた蜜のようだ。水のようにさらさらしている」

「そのとおりです」とフィアラル。

ガラールはクヴァシルをばかにしたようにみた。「あんたがうわさどおりの賢者なら、われわれが何を知りたがっているか、きかれる前からわかったはずだ。それに、ここにあるものが何のためのものかも、わかっているはずだ」

クヴァシルはあきらめたようにうなずいて、いった。「きみたちはふたりとも賢くて、しかも腹黒いのだから、こう考えている。この客を殺して、その血を大桶のソーンとボズンに流し入れ、オーズレリルの釜でゆっくり温めたあと、ふたのない巣房から集めた蜂蜜を混ぜて発酵させると、最高級のミードができる。だれであれ、ひとくち飲めば酔いしれて、同時に、必ず詩の才能と学問の才能を授かる。そういうミードだ」

「おれたちは賢い。それに、おれたちを腹黒いと思っている者もいるだろうな」

ガラールはそういうと同時に、クヴァシルの首を切り落とした。そしてフィアラルと一緒にクヴァシルの足を持って、大桶のソーンとボズンの上に逆さ吊りにすると、血を一滴残らずしぼり取った。それから、血と蜂蜜をオーズレリルという釜で温め、自分たちで考えたことをいくつかしたあと、ベリーを何種類か加えて棒で混ぜた。しばらくすると、釜の中身がぶくぶくと泡立ち、さらにしばらくすると泡がおさまった。ふたりは味見をして、大きな声で笑い、それぞれが、それまで心の奥にとじこめてあった詩をみつけた。

次の朝、神々がたずねてきて、きいた。「クヴァシルはいないか？　最後に姿をみられたとき、きみたちと一緒にいたようなのだが」

小人のフィアラルとガラールはいった。「たしかに、クヴァシルはわたしたちと一緒にここへきましたが、わたしたちがただの小人で、愚かで、何の知恵もないと知ると、ご自分の知識をのどに詰まらせてしまったのです。わたしたちが何かあの人に質問できれば、知識を吐き出せたのでしょうが」

「クヴァシルは死んだというのか？」

「はい」フィアラルとガラールは答えて、血を抜いたクヴァシルの遺体を神々に渡すと、いった。どうぞアースガルズに連れて帰ってあげてください、そして、神様にふさわしい葬儀をしてあげてください、そうすればおそらく、（神様にとって、死は永遠のものではないのでしょうから）この神様もいつか復活されるでしょう。

　そういうわけで、小人のフィアラルとガラールが知恵と詩の才能を授けてくれるミードを手に入れたので、だれにせよ、そのミードを味わいたいと思う者は、どうか飲ませてくださいとふたりに頼むしかなくなった。ところが、フィアラルとガラールは、自分たちが気に入っている相手にしかミードを与えようとせず、ふたりが気に入っているのは自分たちだけだった。

　しかし、そんなふたりにも、ミードを与えないわけにいかない相手はいた。たとえば、巨人のギリングとその妻がそうだ。ふたりはこの夫婦を自分たちの砦に招き、あ

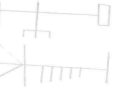

る冬の日に夫婦はやってきた。

「舟をこいで海に出てみないか」小人たちはギリングを誘った。

海に出ると、舟は巨人の重みで水面すれすれまで沈んだ。ふたりの小人は舟をこいで、水面のすぐ下まで岩がせり上がっているところに近づいた。いつもなら、舟は岩の上をすんなり通過するのだが、このときは違った。水面から深く沈んでいたため岩に激突し、ひっくり返って、巨人は海に放り出された。

「泳いで舟にもどれ」小人の兄弟は大声でギリングにいった。

「泳げないんだ」とギリングはいい、それが最後の言葉になった。あいた口に押し寄せた波を飲みこんだうえに、頭を岩にぶつけ、あっという間に消えてしまった。フィアラルとガラールは舟をもとにもどして、砦まで帰った。

そこではギリングの妻が待っていた。

「夫はどうしたんです?」妻がたずねた。

「え?　ああ、あいつなら死んだよ」とガラール。

「溺れて死んだんだ」フィアラルが説明してやった。

妻はこれをきくと、泣き叫んだ。魂からはがれた破片が泣き声になったような声で

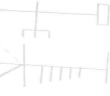

泣いた。死んだ夫の名を呼んで、これからも愛し続けると誓い、また泣いて、うめいて、涙を流した。

「うるさい！」ガラールがいった。「おまえの泣き声で、耳が痛くなった。なんてでかい声だ。きっと巨人だからだな」

しかし、巨人の妻はますます大きな声で泣くばかりだった。

しばらくして、フィアラルがいった。「旦那が死んだ場所をみれば、少しは気持ちが休まるか？」

妻は鼻をすすり、うなずいたが、また泣きだした。二度と自分のところへもどってこない夫を思って、泣き叫んだ。

「なら、外に立ってろ。旦那が溺れた場所を教えるから」フィアラルは巨人の妻に、どこに立てばいいか細かく指示した。大きな扉を出て、砦の岩壁の真下に立つようにいった。それから、弟のガラールに目くばせした。ガラールは急いで段をのぼり、岩壁の上に立った。

ギリングの妻が扉を出た瞬間、ガラールが上から大きな石を落とした。妻は倒れ、頭の半分がつぶれて死んだ。

「よくやった」とフィアラル。「あの恐ろしい泣き声にはうんざりしてたんだ」

ふたりは、動かなくなった女の体を押しやって、岩の上から海に捨てた。灰色の波がその体をさらっていき、ギリングの妻は死後の世界でふたたびギリングと一緒になった。

小人の兄弟は肩をすくめて、自分たちはなんて賢いんだろうと思い、その後も海のそばの砦で暮らした。

ふたりは毎晩、詩人のミードを飲んで、すばらしく美しい詩を暗唱しあい、ギリングとその妻について壮大な物語をつくって、砦の屋根で暗唱した。そして毎晩、最後は正体をなくして眠りこけ、目覚めると、前夜に座りこんだり倒れこんだりした場所にいた。ところがある日、ふたりがいつものように目を覚ますと、そこは砦のなかでも上でもなかった。

自分たちの舟の底に寝ていたのだ。みると、見知らぬ巨人が舟をこぎ、沖へ向かっている。空には黒い嵐雲がたれこめ、海も黒々としている。波は高く荒く、船べりから海水が流れこんで、ふたりはびしょぬれだった。

「だれだ、おまえは？」ふたりは巨人にたずねた。

「おれはスットゥングだ。きくところによると、おまえたちは風と波と世界に向かって自慢しているそうだな。おれの父親と母親を殺したことを」

「なるほど」とガラール。「それで、おれたちを縛ったのか」

「そうだ」とスットゥング。

「どこかいいところに連れていってくれるんだろうな」フィアラルがつとめて明るくいった。「そこに着いて、この縛めをほどいてくれたら、一緒に食べたり飲んだり笑ったりして、いい友だちになれるんじゃないかな」

「さあ、どうかな」とスットゥング。

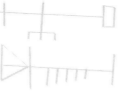

引き潮で、海面から岩が突き出ていた。かつて満ち潮のときに、ギリングをのせた舟がぶつかったのと同じ岩だ。あのとき、舟はひっくり返り、ギリングは溺れ死んだ。いま、スットゥングは、小人をひとりずつ舟の底から持ち上げると、その岩の上に置いた。

フィアラルがいった。「この岩は、潮が満ちると海に沈む。おれたちは手を後ろで縛られていて泳げない。ここに置き去りにされたら、間違いなく溺れ死んでしまう」

「それがねらいだ」スットゥングは初めて笑った。「海の水が口まできたら、この舟から見物させてもらう。おまえたちがふたりとも海に飲みこまれるところをな。それから、ヨトゥンヘイムのわが家にもどって、弟のバウギと娘のグンロズに、おまえたちがどうやって死んだか話してやる。そうすれば、おれたち家族は、父親と母親の復讐を果たせて満足できる」

潮が満ちてきた。海水が小人たちの足を覆い、やがてへそまで達した。ほどなく、泡立つ波にひげが浮かび、ふたりは恐怖に目をむいた。

「どうか情けを！」小人たちは大声でうったえた。

「おまえたちは、おれの父親と母親に情けをかけたか？」

「ご両親の死を償《つぐな》う！　埋め合わせをするよ！　ほしいものは、何でもやる！」

「おまえたち小人が、おれの両親の死を償えるものを持っているとは思えん。おれは裕福な巨人だ。山のなかの館で、大勢の召使いを雇って暮し、考えつくかぎりの富を持っている。金も宝石もあるし、鉄は剣を千本つくれるほどある。強い魔法も使える。おれの持っていない、どんなものをくれるというんだ？」スットゥングがきいた。

ふたりの小人は言葉に詰まった。

潮がどんどん満ちてきた。

「ミードがある。詩人のミードだ」ガラールが、口に入ってくる海水を吐き出した。「神々のなかで最も賢い、クヴァシルの血でつくったミードだぞ！」フィアラルも叫んだ。「大桶ふたつと釜ひとつに、いっぱい入っている！　ほかにはだれも持っていない。世界じゅうでおれたちしか持っていないミードだ！」

　スットゥングは頭をかいた。「それは考えてみないとな。よく考えてみないといけない」

「考えるな！　おまえが考えている間に、おれたちは溺れ死ぬ！」フィアラルが、とどろく波音に負けまいと声を張り上げた。

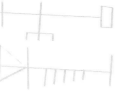

　潮はいよいよ満ちて、波が小人たちの顔にぶつかった。ふたりが必死に息をつぎ、恐怖に目を見ひらいていると、スットゥングの手がのびてきて、最初にフィアラルが、次にガラールが、波のなかからすくい上げられた。

「詩人のミードなら、償いには十分だ。ただし、そこにあと二つ三つ、別のものを入れてもらう。小人なら必ず持っているものだ。そうすれば命は助けてやる」

　スットゥングは、ずぶぬれの小人ふたりを舟の底に放りこんだ。ふたりが手を縛られたまま、きゅうくつそうに体をくねらせているところは、二匹のひげの生えたロブスターのようだった。スットゥングは舟をこいで、岸にもどった。

そのあと、スットゥングは、小人たちがクヴァシルの血からつくったミードを取り上げ、ほかのものもいくつか奪って、その砦を去った。残されたふたりの小人は、いろいろ考えると命が助かっただけでもよかったと喜んだ。

フィアラルとガラールは、砦のそばを通りかかった人たちに、スットゥングにひどい目にあわされたと話した。次に市場に商売に出かけたときにも、いろんな人に話した。オオガラスがそばにいたときにも話した。

それからしばらくして、オーディンはアースガルズの玉座で、オオガラスのフギンとムニンから、世界じゅうを飛びまわって見聞きしてきたことをきいた。オーディンのひとつしかない目がきらっと光ったのは、スットゥングのミードの話をきいたときだった。

その話をきいた人たちは、詩人のミードのことを「小人たちの舟」と呼んだ。そのミードのおかげでフィアラルとガラールは海のなかの岩から降ろされ、無事、家に帰り着くことができたからだ。ほかに、「スットゥングのミード」「オーズレリルの酒」「ボズンの酒」「ソーンの酒」などと呼ぶ人もいた。

オーディンはオオガラスたちの話を聞き終えると、マントと帽子を持ってこさせた。それから神々を集めて、大きな木の桶を三つ、用意してほしいといった。できるだけ大きな桶を三つつくってアースガルズの門のすぐ内側に置いておくように、と。そして、自分はアースガルズを離れて世界を旅してくるので、しばらくもどらないかもしれない、といった。

「わたしはふたつのものを持っていく。ひとつは、刃物を研ぐのに使う砥石《といし》。いちばん上等な砥石がいい。もうひとつは、ラティという名の錐《きり》だ」ラティとは「比類なき錐」という意味で、神々が持っているいちばん上等な錐だった。この錐を使えば、どんなに固い岩も深く貫くことができた。

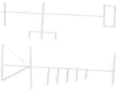

オーディンは砥石を宙に投げ上げて受け止めると、腰に下げた小さな袋に、錐と一緒に入れた。そして歩み去った。

「いったい何をしにいくんだろう」トールがいった。

「クヴァシルならわかったでしょうね」とフリッグ。「何でも知っていたから」

「だけど、死んでしまった」とロキ。「おれとしては、万物の父がどこにいこうと、それがなぜだろうと、どうでもいい」

「万物の父がいっていた木の桶をつくるのを、手伝ってくるよ」トールはいった。

スットゥングは貴重なミードを娘のグンロズに渡して、巨人の国のまん中にあるフニトビョルグという山の中で見張らせていた。しかし、オーディンはその山へはいかず、まっすぐ、スットゥングの弟バウギが所有する農場へいった。季節は春で、農場には干し草にする草が丈高く生えていた。バウギは、自分と同じ巨人の奴隷を九人雇って、巨大な鎌でその草を刈らせていた。どの鎌も、小さな木ぐらい大きかった。

オーディンはその様子をじっとみていた。やがて、日が最も高くなり、奴隷たちがいったん作業をやめて食事をとろうとすると、何気なく近づいて話しかけた。

「さっきから、あんたたちが働くのをみていて、ひとつ疑問に思ったんだ。あんたたちのご主人はなぜ、そんななまくらな鎌で草を刈らせているんだね？」

「おれたちの鎌は、なまくらじゃない」奴隷のひとりがいった。

「なぜそんなことをいう？　こんなによく切れる鎌はないぞ」別の奴隷もいった。

「では、きちんと研いだ刃がどれだけよく切れるか、おみせしよう」オーディンは砥石を袋から取り出すと、それで一本目の鎌を研いでやり、二本目、三本目……と、すべての鎌を研いだ。どの鎌も日を受けてまぶしく光った。巨人の奴隷たちはオーディ

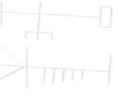

ンのまわりに突っ立って、その様子をみていた。オーディンが「さあ、ためしてみるといい」といった。

奴隷たちは、オーディンに研いでもらった鎌で草を刈ったとたん、息をのみ、歓声をあげた。刃がとても鋭いので、楽々と草が刈れた。どんなに太い茎でも、すっと切れる。

「これはすごい！」奴隷たちはオーディンにいった。「あんたの砥石を売ってもらえないか？」

「売るだって？」とオーディン。「それはできない。だが、もっと理にかなった楽しいことをしよう。あんたたち全員、こっちにきて、ひとところに立ってくれ。それぞれ自分の鎌をしっかり握って、ぴったりくっつきあって立つんだ」

「そんなにくっつけないよ」巨人の奴隷のひとりがいった。「よく切れる鎌を持ってるんだから」

「もっともだ」オーディンは砥石を高くあげた。「では、こうしよう。この砥石を、受けとめた者にやる！」そういうと同時に、砥石を投げ上げた。

九人の巨人はいっせいに飛び上がって、落ちてくる砥石を受けとめようとした。九人とも、あいているほうの手をのばし、もう片方の手に持っている鎌のことは忘れてしまった（が、どの鎌もオーディンが研いで、最高によく切れる状態にしてある）。巨人たちが飛び上がり、手をのばすと、九本の鎌が日にぎらりと光った。

次の瞬間、まっ赤な血しぶきが日の光のなかに飛び散ったと思うと、奴隷たちは痛みに体をよじり、震えながら、ひとり、またひとりと、刈りたての草の上に倒れた。オーディンはその死体をまたいで、神々の持ち物である砥石を拾うと、また袋に入れた。

九人の奴隷は全員、仲間の鎌で喉を切られて死んでいた。

オーディンは歩いて、スットゥングの弟、バウギの家にいき、ひと晩泊めてもらえないかと頼んだ。そして、「わたしはボルヴェルクといいます」と名乗った。

するとバウギはいった。「ボルヴェルクとは、不吉な名前だな。『恐ろしいことをする者』という意味じゃないか」

「それは敵に対してだけです」ボルヴェルクと名乗った男はいった。「仲間からは、いいことをすると喜ばれています。わたしは九人分の仕事ができるのです。疲れることなく、いっさい不平もいわずに働きます」

バウギはため息をついていった。「あんたを一晩泊めるのはかまわない。しかし、悪い日にきたな。昨日まで、おれは金持ちで、畑をいくつも持ち、九人の奴隷を使っていた。奴隷たちに作物を植えさせ、収穫させ、力仕事をさせ、納屋や畜舎をつくらせていた。だがいまでは、畑と家畜はそのままだが、奴隷が全員死んでしまった。互いに殺しあったんだ。理由はわからないが」

「それは散々でしたね」ボルヴェルク、すなわちオーディンはいった。「新しく働き手を雇えそうですか？」

「今年は無理だ」とバウギ。「もう春だからな。いい働き手は兄のスットゥングのところに雇われているし、そもそも、ここにはやってくる者もほとんどいない。ここ何年ものあいだで、あんたが初めてだよ。泊めてくれといってきた旅人は」

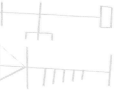

「それは運がよかった。わたしは九人分の仕事ができるんですよ」

「あんたは巨人じゃない。ずいぶんと小柄だ。おれが使っていた奴隷、ひとり分の仕事だってできないだろう。どうして九人分の仕事ができる？」

　すると、ボルヴェルクと名乗った男はいった。「もしわたしが九人分の仕事をできなかったら、報酬はいりません。しかし、できたときには……」

「なんだね？」

「はるか遠くに住むわれわれのところまで、うわさは届いていますよ。あなたのお兄さんのスットゥングさんは、すばらしいミードをお持ちだと。それを飲んだ者はだれでも、詩の才能を授かるときいています」

「そのとおり。スットゥングは、若い頃、詩心などまるでなかった。家族のなかで、詩人といえばおれのほうだった。ところがスットゥングは、小人のつくったミードを持ち帰ってからというもの、詩をつくり、夢のようなことを語るようになった」

「わたしがあなたの下で働いて、作物を植えたり収穫したり、建物をつくったりして、死んだ奴隷九人分の仕事をしたら、報酬としてお兄さんのミードをひとくち、味わわせていただきたい」

「しかし……」バウギは額にしわを寄せた。「あのミードはおれのものじゃないから、勝手にやるわけにはいかない。スットゥングのものだから」

「それは残念です」とボルヴェルク。「それでは、あなたが今年も無事に収穫を得られるよう、お祈りしています」

「待ってくれ！　たしかに、あのミードはおれのものじゃない。だが、あんたが言葉通りの働きをしてくれたら、一緒にスットゥングのところへいって、あんたがあのミードを飲めるよう、できるかぎりのことをしよう」

「では、話は決まりました」ボルヴェルクはいった。

実際、ボルヴェルクは大変な働き者だった。九人はおろか、二十人の巨人の男よりも速く土地を耕し、たったひとりで家畜たちの世話をし、たったひとりで作物を収穫した。農場の仕事を何から何までこなし、土地も、その働きに報いて豊かな実りをもたらした。

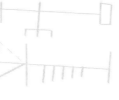

冬の訪れを告げる霧が山から降りてきた日に、バウギはいった。「ボルヴェルク、あんたは誤って名づけられたようだな。じつにすばらしい仕事をしてくれた」

「わたしは九人分の仕事をしましたか？」

「したとも。いや、その倍の働きをしてくれた」

「では、スットゥングさんのミードをひと口飲めるよう、仲立ちをしてもらえますか？」

「もちろんだ！」

その次の朝、バウギとボルヴェルクは早起きして、歩いて歩いて、ひたすら歩いて、バウギの土地をあとにし、夕方には、山すそのスットゥングの土地にやってきた。そして、日がとっぷり暮れる頃、スットゥングの大きな館に着いた。

バウギはいった。「やあ、兄さん。この男はボルヴェルクといって、夏のあいだおれの農場で働いてくれたんだ。いままではおれの友だちだ」それから、スットゥングに、ボルヴェルクとの取り決めを話した。「そういうわけだから、こいつに、詩人のミードをひと口、飲ませてやってくれないか」

ところが、スットゥングは氷のように冷たい目をして、「だめだ」とそっけなくいった。

「だめだって?」とバウギ。

「そうだ。あのミードは一滴たりとも、人にやるつもりはない。絶対に。あのミードは、ボズンとソーンという大桶と、オーズレリルという釜に入れて、フニトビョルグの山奥の洞窟に隠してある。おれが命じなければ洞窟の扉はあかないし、ミードは娘のグンロズが守っている。だから、おまえのその召使いに飲ませるわけにはいかない。おまえも同じだ」

「しかし」バウギは食いさがった。「あのミードは、親父とお袋の命を奪った小人たちから、その償いに取り上げたものじゃないか。だったら、おれにも少しくらい、もらう権利があるだろう。少しだけもらえれば、おれはこのボルヴェルクに、自分が立派な巨人だと示せるんだ」

「だめだ」とスットゥング。「おまえにその権利はない」

バウギとボルヴェルクは、しかたなくスットゥングの館を出た。

バウギはひどく落ちこんでいた。背中を丸め、口を力なく半びらにして、何歩か進むごとにボルヴェルクに謝っては、「兄貴があんなにわからず屋だとは思わなかった」といった。

「まったくわからず屋ですね」ボルヴェルクを名乗っているオーディンもいった。「しかし、わたしたちふたりでちょっとしたいたずらをして、鼻をへし折ってやることはできますよ。そうすれば、次からは弟のいうことにも耳を貸すようになるでしょう」

「それはいい」バウギは背すじをのばし、口もとをひきしめて、ちょっと明るい顔になった。「で、どうする?」

「まずは、そのフニトビョルグという険しい山にのぼりましょう」

次の日、ふたりは一緒にフニトビョルグにのぼった。巨人のバウギが先を歩き、ボルヴェルクが続いた。巨人にくらべるとボルヴェルクは人形のように小柄だったが、遅れをとることはなかった。ふたりは、野生の羊や山羊がつけた小道を苦労してのぼり、岩をよじのぼって、高いところまでいった。その冬初めての雪が、前の冬から溶けずに残っていた氷の上に積もっている。風がうなりをあげて山を吹き荒れている。はるか下のほうから、鳥の鳴き交わす声がきこえた。そして、それ以外にも何かきこえてきた。

それは人の声のようだった。山の岩間からきこえてくるようだが、遠くて、山そのものの内側からきこえてくるようでもある。

「あれは何でしょう?」ボルヴェルクがきいた。

バウギは眉を寄せた。「姪のグンロズが歌っている声のようだ」

「では、ここで止まりましょう」

ボルヴェルクはそういうと、革袋からラティという名の錐を取り出した。

「さて、あなたは巨人だから、体も大きいし力も強い。この錐で、山腹に穴を穿ってくれませんか?」

バウギは錐を受け取ると、山腹の岩に押しあてて回した。錐の先端が岩に入ってい

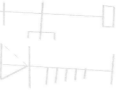

く。まるで、コルク抜きの先端がやわらかいコルクに入っていくようになめらかだ。バウギは、錐を何度も何度も回した。

「穴が通ったぞ」バウギがいって、錐を抜き取った。

　ボルヴェルクは前かがみになって、バウギが空けた穴に息を吹きこんだ。すると、岩のかけらや粉が吹き上がってきて顔にあたった。ボルヴェルクは、「ふたつのことがわかりました」といった。

「どんなことだ？」とバウギ。

「あなたが空けた穴は、山腹を貫通していません。もっと深く掘ってください」

「それがひとつ目か」とバウギ。しかし、ボルヴェルクはそれ以上何もいわなかった。山腹の高いところに立つふたりに、凍りつくような風がびゅうびゅう吹きつけてくる。バウギはラティという名の錐をもう一度穴に入れると、回し始めた。

　あたりが暗くなりかけた頃、バウギは錐を穴からぬいた。「今度こそ貫通したぞ」

　ボルヴェルクは何も答えず、穴にそっと息を吹きこんだ。今度は、岩のかけらがなかに落ちていくのがみえた。

　だが、息を吹きこんだとき、後ろから何かが迫ってくるのを感じたので、すかさずヘビに姿を変えた。ほぼ同時に、鋭い錐の先が、ついさっきまでボルヴェルクの頭のあった位置を突いた。

「さっき、おまえが嘘をついたときにわかったふたつ目のことは――」ヘビは怒りをこめてバウギにいった。バウギは驚愕《きょうがく》して、錐を武器のように構えたまま突っ立っている。「おまえがわたしを裏切るつもりだということだ」ヘビは尾をさっと振ると、山腹にあいた穴のなかに消えた。

バウギはもう一度錐を突き立てようとしたが、ヘビはもう消えていた。バウギは怒って錐を投げ捨てた。カラカラと、錐が下の岩場に落ちる音がした。バウギは考えた。これからスットゥングの館にもどって、じつは強力な魔術師がフニトビョルグにのぼるのを手伝ったと話そうか。その魔術師が山のなかに入りこむのにまで手を貸してしまった、と。だが、スットゥングはそれをきいて何というだろう?

結局、バウギは背中を丸め、口を半びらきにしたまま山をくだって、とぼとぼとわが家に、暖炉のある自分の館にもどった。この先、兄貴の身に何が起ころうと、兄貴の大事なミードがどうなろうと、おれには関係ない、と思うことにした。

一方、ヘビに変身したボルヴェルクは、山腹に穿たれた穴を抜けて、だだっ広い洞窟にたどり着いた。

洞窟のなかでは、水晶が冷たい光を放っていた。オーディンはヘビからふたたび男に姿を変えた。巨人なみに大きくて、姿のいい男になった。そして、歌声のするほうへ歩いていった。

すると、スットゥングの娘のグンロズが、鍵のかかった扉の前に立っていた。扉のむこうには、ボズンとソーンという名の大桶と、オーズレリルという名の釜があるのだ。グンロズはたったひとり、両手で鋭い剣を持ち、歌いながらそこに立っていた。

「ようやくお会いできました、勇敢なお嬢さん！」オーディンはいった。

グンロズはオーディンをにらんだ。「わたしはおまえを知らない。名乗りなさい、よそ者。そして、おまえを生かしておく理由を述べるがいい。わたしはグンロズ、ここの守り人だ」

オーディンは答えた。「わたしはボルヴェルク。殺されても文句はいえません。無謀にも侵入してきたのですから。しかし、少しだけ時間をください。あなたの姿をみていたいのです」

するとグンロズはいった。「わたしは父のスットゥングに命じられて、ここの番をしている。詩人のミードを守っている」

ボルヴェルクは肩をすくめた。「詩人のミードになど、興味はありません。わたしがここへきたのは、スットゥングの娘、グンロズがとても美しく、勇敢で、すばらしい女性だときいたからです。そして思ったのです。『彼女がひと目でも姿をみさせてくれるのなら、いくだけの価値がある。もちろん、彼女がうわさどおり美しければの話だが』と」

グンロズは、目の前のハンサムな巨人をみつめた。「それで、くるだけの価値はあったのか？　死すべきボルヴェルク」

「価値があったどころではありません。あなたは、わたしがきいたどの物語よりも美しく、どんな吟遊詩人がつくる歌よりも美しい。山の頂よりも、氷河よりも、雪が降り積もったばかりの夜明けの草原よりも美しい」

グンロズはうつむいて、頬を赤くした。

「隣に座ってもいいだろうか？」ボルヴェルクがたずねた。

グンロズはうなずき、何もいわなかった。グンロズは、その山の洞窟に食べ物と飲み物を蓄えてあったので、ボルヴェルクと一緒に食べたり飲んだりした。

食事のあと、ふたりは闇のなかでそっと口づけを交わした。

そして愛しあったあと、ボルヴェルクは悲しそうにいった。「ソーンという大桶に入っているミードを、ほんのひとくち、飲めたらなあ。きみの瞳がどんなに美しいか、真実を歌にできるのに。そうしたら、男という男はみんな、美しい女を讃えたいとき、その歌を歌うだろう」

「ひとくち？」

「ほんのひとくち、だれも気づかないほど少しでいい」とボルヴェルク。「でも、急がないよ。そんなことより、きみのほうが大切だ。どんなに大切か、みせてあげる」

そういって、グンロズを抱きよせた。

ふたりは闇のなかでふたたび愛しあった。そのあと、寄りそって横たわり、ふれあいながら愛の言葉をささやきあっているときに、ボルヴェルクが悲しそうにため息をついた。

「どうしたの？」とグンロズ。

「歌の才能があったらなあ。きみの唇がどんなにやわらかいか、ほかの女の子の唇と違ってどんなにすてきか歌ってみたい。きっとすばらしい歌になるだろうに」

「それは残念」グンロズもいった。「わたしも、この唇が大好きなの。いちばん自慢できるところかなって、よく思う」

「そうかもしれないが、きみはすべて完璧だから、どこがいちばん魅力的か、選ぶのは難しいな。しかし、あのボズンという大桶から、ほんのひとくち、ミードを飲むことができたら、この胸に詩が宿って、きみの唇をたたえる詩をつくれるはずだ。いつまでも終わらない、太陽がオオカミに食われるまで続くような詩を」

「でも、ほんとうにひとくちだけよ」グンロズはいった。「父さんを怒らせたくないから。ハンサムな人がこの砦に入りこんでくるたび、わたしがミードをあげるんじゃないかって思われたら、それこそ大変」

ふたりは洞窟のなかを歩きだした。手をつないで歩き、ときおり唇を重ねた。グンロズはボルヴェルクに、山の内側からあけられる扉や窓をみせた。そこから、スットゥングが食べ物や飲み物を差し入れてくれるのだという。しかし、ボルヴェルクは、そうしたことには興味がないようだった。なぜなら、とボルヴェルクは説明した。グンロズ、きみにしか興味がないからさ。きみの瞳、きみの唇、きみの指、きみの髪しか目に入らないんだ。グンロズは笑っていった。そんな、心にもないことばかりいって、もうわたしと愛を交わす気もないくせに。

　ボルヴェルクは彼女の唇を唇でふさぎ、ふたりは三たび愛を交わした。

　ふたりともすっかり満足したところで、闇のなか、ボルヴェルクがすすり泣きをもらした。

「どうしたの？」グンロズがたずねる。

「殺してくれ」ボルヴェルクは涙まじりにいった。「いますぐ、殺してくれ！　詩をつくれないなら死んだほうがましだ。きみの髪や肌がどんなに美しいか、きみの声のひびきやきみの指にふれた感じがどんなにすばらしいか、詩にしたいのに、できない。グンロズという女性の美しさを、どうしても言葉で表せない」

「そうね、そういう詩をつくるのは、たしかに簡単ではなさそう。でも、できないことはないんじゃない？」

「もし……」

「何？」

「もし、ほんのひとくち、オーズレリルという釜からミードを飲めたなら、叙情詩をつくる才能を授かって、きみの美しさを何世代にも渡って伝えることができるだろう」

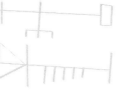

ボルヴェルクはさりげなく望みを伝えた。このときにはもう、泣きやんでいた。

「ええ、そうかもしれない。ほんとうに、ほんのひとくちでいいなら……」

「釜をみせてくれれば、どれだけ少しでいいか、教えるよ」

グンロズが扉の鍵をあけると、ふたりの目の前に釜とふたつの大桶が現れた。詩人のミードのにおいが濃厚にたちこめ、それだけで酔ってしまいそうだ。

「ほんとうに、ほんのひとくちだけよ」グンロズはいった。「わたしのことを歌った、いつまでも歌いつがれる詩を三つ、つくるのに必要なだけにして」

「もちろんだよ」ボルヴェルクは、闇のなかでにっと笑った。そのとき、グンロズがボルヴェルクの顔をよくみていたら、何かおかしいと気づいたかもしれない。

ボルヴェルクはまず、オーズレリルという釜のミードを一気に飲みほした。

次に、ボズンと呼ばれる大桶のミードを一気に飲みほした。

さらに、ソーンという大桶のミードも一気に飲みほした。

グンロズもばかではない。だまされていたと気づいて、ボルヴェルクに襲いかかった。グンロズは強く、敏捷《びんしょう》だった。しかし、オーディンはさっさと逃げ出し、扉をしめて、グンロズをなかにとじこめた。

そして、あっという間に巨大なワシに変身した。鋭く鳴いて翼をはばたかせると、山の扉が内側からひらき、オーディンは空に舞い上がった。

グンロズの悲鳴が、夜明けの空を引き裂いた。

その悲鳴で、館にいたスットゥングは目を覚まし、走って外に出た。空を見上げると、ワシが一羽、飛んでいた。スットゥングは何が起こったかを察し、自分もワシに変身した。

空高く飛ぶ二羽のワシは、地上からは小さな点にしかみえなかった。すさまじい速さで飛ぶ二羽の翼が風を切る音が、ハリケーンのうなりのようにきこえた。

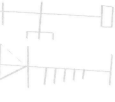

アースガルズでは、トールが、「くるぞ」といった。

それから、大きな木製の桶を三つ、神殿の中庭に出して、門のそばに置いた。

アースガルズの神々が空を見上げていると、二羽のワシが鋭く鳴きながら飛んできた。神々は、はらはらした。スットゥングは、オーディンの後ろにぴったりついている。いまにもオーディンの尾羽にかみつきそうな勢いだ。二羽はアースガルズの上空に達した。

オーディンは神殿に近づくと、何か吐き出した。大量のミードを、くちばしから桶のなかに吐き出している。桶がひとついっぱいになると、次の桶に吐き出す。まるで、父鳥がひなにえさをやっているかのようだった。

このことがあって以来、言葉を自在にあやつってすばらしい詩や冒険譚《サガ》や物語を生み出せる人をみると、人々は、きっと詩人のミードを飲んだのだと思うようになった。詩人が美しい詩を暗唱するのをきくと、オーディンの贈り物を味わったというようになった。

さて、これが、詩人のミードがどうやって世界にもたらされたかという物語だ。恥ずべき行いや裏切りに満ちていて、殺したりだましたりする場面がたくさん出てくる。しかし、これがすべてではない。もうひとつ、話しておくべきことがある。ただ、下品な話の苦手な人は、耳をふさぐか、この先は読まないほうがいいだろう。

このあとの部分は、じつに品のない話だ。ワシに変身して空を飛んできた万物の父、オーディンは、神々の用意した木の大桶の上にいまにも達するというとき、同じくワシに変身したスットゥングにすぐ後ろまで迫られていたのだが、ここで尻からミードを少し出した。屁と一緒に勢いよく噴き出たくさいミードをまともにくらったスットゥングは、前がみえなくなって、オーディンのあとを追えなくなってしまった。

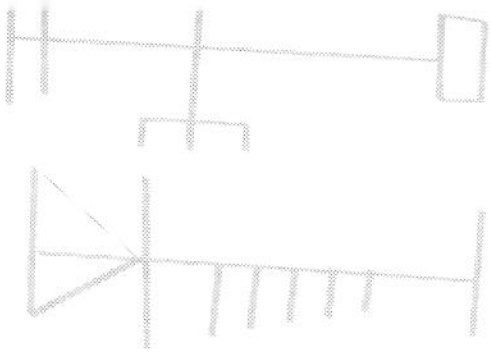

当時もいまも、オーディンの尻から出たミードを飲みたいと思う者など、いるはずがない。しかし、へぼ詩人が、つまらない喩《たと》えばかり出てくる、まともに韻の踏めていないない、へたくそな詩を暗唱しているのをきいたら、ああ、あっちのミードを飲んだな、とわかるだろう。

用語集

ア

アースガルズ　アース神族が住む、神々の領域。

アース神族　神々の一族。アースガルズに住む。

アウズフムラ　最初の雌牛。氷の塊をなめて神々の祖先を形づくった。その乳首から、乳の川が流れ出た。

アウルボザ　山の巨人の女。ゲルズの母親。

アスク　最初の人間の男。トネリコの木からつくられた。

アールヴヘイム　九つの世界のひとつ。光の妖精が住む。

アングルボザ　巨人の女。ロキの怪物のような三人の子どもの母親。

イ

イーヴァルディ　闇の妖精のひとり。イーヴァルディの三人の息子たちは、フレイのすばらしい船、スキーズブラズニルと、オーディンの槍、グングニルと、トールの妻シヴのための美しい金髪のかつらをつくった。

イザヴェル　「光り輝く野原」という意味で、アースガルズがあるところ。ラグナロクのあと、生き残った神々がここにもどってくる。

イズン　アース神族の女神。神々に永遠の若さを与える不死のリンゴを管理している。

ウ

ヴァーリ　ヴァーリという名前の神はふたりいる。ひとりはロキとシギュンの息子で、オオカミになり、兄のナルヴィを殺す。もうひとりはオーディンと女神リンドの息子で、バルドルの死の復讐をするために生まれてくる。

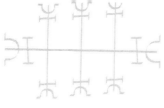

ヴァール　結婚をつかさどる女神。

ヴァナヘイム　ヴァン神族の住む世界。

ヴァルキュリヤ　「殺された者の選び手」という意味。オーディンに仕える女神たちで、戦場で勇ましい死を遂げた者の魂を集め、ヴァルハラに案内する。

ヴァルハラ　オーディンの城。勇ましく戦って死んだ立派な死者が集まって、宴をする。

ヴィーグリーズ　ラグナロクの大戦が行われる野原。

ヴィーザル　オーディンの息子。もの静かで信頼できる神。靴の片方が、それまでにつくられたすべての靴の余りの革でつくられている。

ヴィリ　オーディンの弟で、ボルとベストラの息子。

ウートガルザ・ロキ　ウートガルズの巨人たちの王。

ウートガルズ　「囲いの外」という意味。巨人が住む荒地で、まん中に城があり、この城もウートガルズと呼ばれる。

ヴェー　オーディンの弟で、ボルとベストラの息子。

ヴェルサンディ　ノルンの三姉妹のひとり。「なること」という意味で、人々の現在をつかさどる。

ウッル　トールの継息子。弓矢で狩りをし、スキーをする。

うなるもの　正式な名前はタングリスニルで、「歯をむきだすもの」「うなるもの」を意味する。トールの戦車をひく二匹の山羊の片方。

ウルズ　ノルンの三姉妹のひとり。「運命」という意味で、過去をつかさどる。

ウルズの泉　アースガルズにある泉で、ノルンの三姉妹が守っている。

エ

エイトリ　トールの槌など、すばらしい宝物をつくる小人の鍛冶職人。ブロックの弟。

エインヘリアル　勇敢に戦って死んだ立派な死者たち。ヴァルハラで、毎日、宴と戦をしている。

エーギル　最も偉大な海の巨人。ラーンの夫で、九人の娘の父親。娘は全員、海の波。

エリ　ウートガルザ・ロキの老いた乳母。じつは「老い」。

エンブラ　最初の人間の女。ニレの木からつくられた。

オ

大いなる冬　ラグナロクの前の、終わりのない冬。「フィンブルの冬」ともいう。

オーズレリル　詩人のミードを醸造するための釜。「恍惚を与えるもの」という意味。

オーディン　最も位が高く、最も古い神。マントをはおり、帽子をかぶっていることが多い。片目しかないのは、もう片方の目を知恵と引き換えに手放したから。「万物の父」「グリームニル」「絞首台の主」など、別名がたくさんある。

カ

ガラール　闇の妖精のひとり。フィアラルの弟で、兄と一緒にクヴァシルを殺す。

ガルム　怪物のような犬。ラグナロクで多くの戦士を殺すが、テュールに殺される。

キ

ギャラルホルン　ヘイムッダルの角笛。ミーミルの泉のそばに保管されている。
ギュミル　大地の巨人。ゲルズの父親。
ギリング　巨人。小人の兄弟、フィアラルとガラールに殺される。スットゥングとバウギの父親。
ギンヌンガガプ　ムスペッル（火の世界）とニヴルヘイム（霧の世界）のあいだの大きな裂け目。世界の始まりに存在した。

ク

クヴァシル　アース神族とヴァン神族の神々の唾を混ぜてつくられた、知恵の神。小人に殺され、血を詩人のミードをつくるために使われたが、後に生き返った。
くだくもの　タングニョーストとも呼ばれる。トールの戦車をひく二匹の山羊の片方。
グリームニル　「頭巾をかぶる者」という意味。オーディンの別名のひとつ。
グリンブルスティ　金のイノシシ。フレイのために小人たちがつくった。
グレイプニル　魔法の縛めのひも。小人たちがつくり、神々がフェンリルを縛るのに

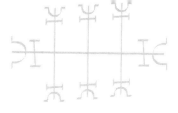

使った。

グングニル　オーディンの槍。決して的を外さない。この槍にかけた誓いは破られない。

グンロズ　巨人の女。スットゥングの娘。詩人のミードの番をさせられている。

ケ

ゲルズ　輝くばかりに美しい巨人の娘。フレイに愛される。

シ

シヴ　トールの妻。金色の髪を持つ。

シギュン　ロキの妻で、ナルヴィとヴァーリの母親。ロキが地下の洞窟にとじこめられたあと、ずっとそばにいて、両手で鉢を持ち、ヘビの毒がロキの顔にかからないよう守る。

シャツィ　ワシに変身してイズンを誘拐する巨人。スカジの父親。

ス

スヴァジルファリ　アースガルズの城壁を築いた屈強な職人の愛馬。スレイプニルの父馬。

スカジ　巨人の女。巨人シャツィの娘。ニョルズと結婚する。

スキーズブラズニル　イーヴァルディの息子たち（小人）がフレイのためにつくった魔法の船。スカーフのように折りたためる。

スキールニル　光の妖精で、フレイの召使い。

スクリューミル　ロキ、トール、シャールヴィがウートガルズにいく途中で出くわした、とくべつ大きな巨人。「大男」という意味。

スクルド　ノルンの三姉妹のひとり。名前は「予定されていること」を意味し、未来をつかさどる。

スットゥング　巨人。ギリングの息子。両親を殺した者たちに復讐する。

スリュム　霜の巨人の王。フレイヤを花嫁にほしがる。

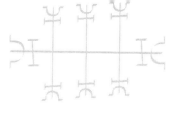

スルーズ　トールの娘。「力の強い者」という意味。

スルト　とても体の大きな火の巨人で、炎の剣をあやつる。神々が誕生する前から存在した。火の世界、ムスペッルの守り手。

ソ

ソーン　詩人のミードを入れておくためにつくられた、ふたつの大桶のひとつ。もうひとつはボズン。

ソック　老婆。名前は「感謝」という意味だが、唯一、バルドルの死を悼もうとしない者。

テ

テュール　片手の、戦いの神。オーディンの息子で、巨人ヒュミルの継息子。

ト

トール　オーディンの赤ひげの息子。アース神族で、雷の神。神々のなかで最も強い。
ドラウプニル　オーディンの金の腕輪。九夜ごとに八つ、同じように美しく価値の高い腕輪を生み出す。

ナ

ナグルファル　死者の手足の、のびっぱなしの爪でできた船。ラグナロクの際、巨人たちとヘルにいた死者たちがこの船に乗ってきて、神々やエインヘリアルと戦う。
ナル　「針」という意味。ロキの母親、ラウヴェイの別名。
ナルヴィ　ロキとシギュンの息子。ヴァーリの兄。

ニ

ニーズホッグ　屍をむさぼり食うドラゴン。世界樹、ユグドラシルの根をかじっている。
ニヴルヘイム　寒い、霧の立ちこめる世界。すべての始まりに存在していた。
スヴァルトアールヴヘイム／ニザヴェッリル　小人たち（「闇の妖精」としても知られ

る）が住む世界。山の地下にある。

ニョルズ　ヴァン神族の神。フレイとフレイヤの父親。

ノ

ノルンたち　ウルズ、ヴェルサンディ、スクルドの三姉妹。ウルズの泉の番をして、人々の運命をつかさどり、世界樹、ユグドラシルの根を潤している。ほかのノルンたちと同じく、人々の人生に起こることを決める。

ハ

バウギ　巨人。スットゥングの弟。

バリ　フレイとゲルズが結婚した島。

バルドル　「美しい者」として知られる。オーディンの二番目の息子。ロキ以外のあらゆるものから愛されている。

ヒ

ビフロスト　アースガルズとミズガルズを結ぶ虹の橋。

ヒュミル　巨人の王。

ヒュロッキン　巨人の女。トールよりも力が強い。

フ

ファールバウティ　ロキの父親で、巨人。「危険な一撃を繰り出す者」という意味。

フィアラル　小人。ガラールの兄。弟とともにクヴァシルを殺す。

ブーリ　神々の祖先。オーディンの祖父で、ボルの父親。

フェルゲルミル　ニヴルヘイムの、世界樹、ユグドラシルの下にある泉。多くの川の水源。

フェルニル　フレイとゲルズの息子で、初代のスウェーデン王。

フェンリル　オオカミ。ロキとアングルボザの息子。

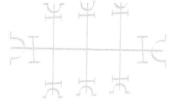

フギ　巨人の子ども。どんなものよりも速く走れる。じつは「思考」。

フギン　オーディンの肩にとまる二羽のオオガラスの一羽。「思考」という意味。

フッラ　女神、フリッグの侍女。

フラーナングの滝　ロキがサーモンに変身して隠れていた、高い滝。

ブラギ　詩の神。

ブリーシンガル（の首飾り）　フレイヤが持っている、輝く首飾り。

フリズスキャールヴ　オーディンが九つの世界を見渡すことのできる玉座。

フリッグ　オーディンの妻で、神々の女王。バルドルの母親。

フリュム　霜の巨人。ラグナロクの際、霜の巨人の戦士たちを率いる。

フレイ　ヴァン神族の神。アース神族とともにアースガルズに住む。フレイヤの兄。

ブレイザブリク　バルドルの館。喜びに満ち、音楽が流れ、知識の宝庫でもある。

フレイヤ　ヴァン神族の女神。アース神族とともにアースガルズに住む。フレイの妹。

ブロック　すばらしい宝物をつくることのできる小人の鍛冶職人。エイトリの兄。

へ

ヘイズルーン　乳のかわりにミードを出す雌山羊。死んでヴァルハラにいった戦士たちは、ヘイズルーンの出すミードを飲んでいる。

ヘイムッダル　神々の番人。遠くまで見通せる。

ヘーニル　大昔からの神。人間に理性を与えた。アース神族の一員だが、ヴァン神族のもとに送られ、首長となった。

ベストラ　オーディン、ヴィリ、ヴェーの母親で、ボルの妻。ボルソルンという巨人の娘で、ミーミルの姉。

ベリ　巨人。フレイに鹿の角で刺し殺される。

ヘル　ロキとアングルボザの娘。戦で立派に死んだ者以外の死者が集まる国、ヘルを治めている。

ベルゲルミル　ユミルの孫息子。妻とともに、巨人でただふたり、世界の始まりの大洪水を生きのびた。

ヘルモーズ（「俊敏な者」）　オーディンの息子。スレイプニルに乗ってヘルに出向き、バルドルを地上に帰してほしいと女王ヘルに頼む。

ホ

ホズ　バルドルの弟の、盲目の神。

ボズン　詩人のミードを入れておくためにつくられた、ふたつの大桶のひとつ。もうひとつはソーン。

ボル　神。ブーリの息子で、ベストラの夫。オーディン、ヴィリ、ヴェーの父親。

ボルヴェルク　オーディンが変装したときに名乗った名前のひとつ。

マ

マグニ　トールの息子。「強い者」という意味。

ミ

ミーミル　オーディンの叔父で、ヨトゥンヘイムにある知恵の泉の番人。巨人であり、もしかしたら同時にアース神族の一員かもしれない。ヴァン神族に首を切られたが、その首はいまも知恵を授け続け、知恵の泉を見守っている。

ミーミルの泉　世界樹、ユグドラシルの根元にある泉、または井戸。オーディンは自らの片目と引き換えにこの泉の水を飲んだ。水をくむときには、ヘイムッダルの角笛、ギャラルホルンを使った。

ミズガルズ　「まん中の庭」を意味する。人間の世界。

ミズガルズ蛇　ヨルムンガンドのこと。

ミョルニル　トールのすばらしい槌。トールの持ち物のなかで最も貴重。小人のエイトリがトールのためにつくった（エイトリの兄、ブロックは、ふいごで風を送る役目をした）。

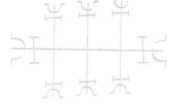

ム

ムスペッル　世界の始まりに存在していた火の世界。九つの世界のひとつ。

ムニン　オーディンの肩にとまる二羽のオオガラスの一羽。「記憶」という意味。

メ

メギンギョルズ　トールの力帯。身につけると力が倍になる。

モ

モージ　トールの息子。「勇敢な者」という意味。

モーズグズ　死者の世界に通じる橋の見張りをしている少女。「怒れる戦士」という意味。

ユ

ユグドラシル　世界樹。

ユミル　最初の生き物。巨人で、世界よりも体が大きい。あらゆる巨人の祖先。最初の雌牛、アウズフムラの乳を飲んで大きくなった。

ヨ

ヨトゥンヘイム　ヨトゥンとは巨人のこと。ヨトゥンヘイムは巨人の国。

ヨルズ　トールの母親。巨人であり、大地の女神でもある。

ヨルムンガンド　ミズガルズ蛇とも呼ばれる。ロキの子どもたちのひとりで、トールの強敵。

ラ

ラーン 海の巨人、エーギルの妻。海で溺死する者たちの女神で、九人の娘（それぞれが海の波）の母親。

ラウヴェイ ロキの母親。別名ナル（「針」の意）。とても細い。

ラタトスク ユグドラシルの枝に住んでいるリス。根元にいる、屍を食べるドラゴン、ニーズホッグからの伝言を、上のほうの枝に住んでいるワシに伝えたり、その逆をしたりしている。

ラティ 神々が使う錐。

リ

リト 不運な小人。

レ

レーラズ ユグドラシルの一部と思われる木。雌山羊のヘイズルーンはレーラズの葉を食べて、乳首から、ヴァルハラの戦士たちが飲むミードを出した。

ロ

ロキ　オーディンの義兄弟で、ファールバウティとラウヴェイの息子。アースガルズの神々のなかで最も抜け目がなく、悪賢い。姿を思いどおりに変えることができ、唇に傷がある。空を飛べる靴を持っている。

ロスクヴァ　トールの人間の従者、シャールヴィの妹。

【著者】

ニール・ゲイマン（Neil Gaiman）

1960年、イギリス生まれ。小説、ドラマ・映画脚本、グラフィックノベル原作の執筆と多岐にわたる活躍をしている。その作品は高く評価され、ヒューゴー賞を4度、ネビュラ賞を2度、ブラム・ストーカー賞を4度、ローカス賞を6度受賞している。また、2018年にはニュー・アカデミー文学賞にもノミネートされた。

【訳者】

金原瑞人（かねはら・みずひと）

1954年、岡山市生まれ。法政大学教授・翻訳家。訳書はシアラー『青空のむこう』（求龍堂）、グリーン『さよならを待つふたりのために』（岩波書店、共訳）、モーム『月と六ペンス』（新潮社）など500冊以上。エッセイに『サリンジャーに、マティーニを教わった』（潮出版社）、日本の古典の翻案に『雨月物語』（岩崎書店）『仮名手本忠臣蔵』（偕成社）など。

野沢佳織（のざわ・かおり）

1961年、東京都生まれ。上智大学英文学科卒業。訳書にゲイマン『アメリカン・ゴッズ』『壊れやすいもの』（KADOKAWA、共訳）、マタール『帰還　父と息子を分かつ国』（人文書院、共訳）、セペティス『凍てつく海のむこうに』（岩波書店）など。

物語《ものがたり》　北欧神話《ほくおうしんわ》（上）

2019年1月23日　第1刷

著　者　ニール・ゲイマン

訳　者　金原瑞人《かねはらみずひと》、野沢佳織《のざわかおり》

装　幀　藤田知子
装　画　橋 賢亀
発行者　成瀬雅人
発行所　株式会社原書房
〒160-0022　東京都新宿区新宿 1-25-13
電話・代表　03（3354）0685
振替　00150-6-151594
http://www.harashobo.co.jp

印　刷　シナノ印刷株式会社
製　本　東京美術紙工協業組合

ISBN 978-4-562-05626-2, Printed in Japan